Gisela Steineckert

Laß dich erinnern

Gisela Steineckert

Laß dich erinnern

Lieder

Verlag Neues Leben Berlin

meinem Mann

ISBN 3-355-00384-0

2. Auflage, 1989
Lizenz Nr. 303(305/219/89)
LSV 7005
Schutzumschlag und Einband: Werner Hahn
Typografie: Katrin Kampa
Schrift: 10 p Garamond
Gesamtherstellung: Karl-Marx-Werk Pößneck V15/30
Bestell-Nr. 644 244 5
00780

Alles atmet Frühling
welch einzigartig Auferstehn und Wiedersehn
es wird nie wieder anders sein
wird nur noch Apfelblüten schnein
die Liebe
wird auf nackten
bloßen
wie befreiten
Füßen gehn

Alles atmet Frühling
da treibt der Aufwind uns vom Bach ins Meer hinaus
der Duft wird nie mehr ganz verwehn
was lebt, das kann nicht widerstehn
die Sehnsucht
darf ertasten
finden
sein wie trunken
laß sie sehn

Alles atmet Frühling
so streif die alte Winterhaut vom Herzen ab
leg dich mit mir ins junge Gras
zu zwein wird mehr, als eins besaß
die Liebe
soll umfassen
alle
die so auch fühlen
was der Frühling uns aus Übermaß in Arbeit gab

Als ich warten mußte
auf beinahe alles
wie
war ich zu jung
etwas anderes zu sehn
als mein eignes Spiegelbild

Wartezeit war harte Zeit
wo bleibst du denn
Leben
Liebe
Schönheit
Ruhm und Ehren

Als ich warten mußte
auf beinahe alles
wie
war ich zu jung
die Natur in mir zu sehn
so erfüllt und unerfüllt

Wartezeit war harte Zeit
wo bleibst du denn
Klugheit
Treue
Freundschaft
Wiederkehren

Als ich lernen mußte
nicht einfach zu warten
wie
war ich zu jung
irgend andres zu verstehen
als das flache Spiegelbild

Wartezeit war harte Zeit
als ich warten mußte
auf beinahe alles
wie
war ich zu jung

Hätt ich nur Trauern
das wäre ein Leben
von Anbeginn schon
in der Nähe vom End

Hätt ich nur Hoffen
und Worte zu geben
ein bitterer Ton
wärs, den ich mir da fänd

Aus allem Gelebten
sprießt Grün, das wird Heu
in allem Gelebten
find ich mich selber neu

Könnt ich nur warten
bis andre mich finden
ich bliebe allein
wer begehrte nach mir

Könnt ich nur nehmen
das Herz mir entzünden
an fern schönem Schein
was denn suchte ich hier

Aus allem Gelebten
sprießt Grün, das wird Heu
in allem Gelebten
find ich mich selber neu

Als wir Kinder warn
scheinbar klein
als wir Kinder warn
was wir da alles sahn
Fee und Königsohn
tanzten auf dem Goldtablett
für uns Ballett

Als wir Kinder warn
alles sahn
kam ein Weihnachtsmann
der war nicht Onkel Franz
fragte, was wollt ihr
bat ich mir meinen
Lanzelot zum Tanz
das geschah

Damals, in den Kinderjahrn
was wir da alles sahn
für die Großen nur
warn wir hilflos und klein
doch uns spannen Träume ein
unsre Ohrn warn nicht taub
Damals, als wir Kinder warn

Als wir Kinder warn
Hexen sahn
und den Zwerg
In den Kinderjahrn
mitten im Hirseberg
Ich fand meinen Hühnergott
Lanzelot
such ich noch
seit wir Freunde warn
in den frühen Jahrn
als wir nur Kinder warn

Der du mir anders nahst
als jemals wer vorher
erzähl mir, was du sahst
und sei es für mich schwer

Dann prüfe meine Sicht
die deine tu mir kund
ganz wahr in allem Licht
erschimmert tiefrer Grund

Noch drunter lebt es auch
fürcht nie, dort wär Gestein
ob Schrei, ob leiser Hauch
kann vorläufig nur sein

Sind Aug in Aug wir da
macht Lieb genügend schwach
wie sind wir träumend nah
und mehr als jemals wach

Als ich aufgestanden bin
und die Vorwürfe unterbrach
und mein Zeugnis weggesteckt hab
und dachte, was fürn Sinn hats, danach
und jetzt auf einmal geben sie sich mit dir ab
haben Zeit, halten zusammen, sie trösten sich noch
als das so war, da trieb es mich eben
raus zur Tür, und das war
mein Versuch, zu leben

Als ich aufgestanden bin
warf das Rollenbuch an die Wand
und die anderen starrten mich an
und dachten, die verliert den Verstand
aber ich wußte, hier will keiner, was ich kann
ging nichts mehr, konnt nichts mehr werden, 's geht um mich
es läuft alles falsch, was rettet mich noch
erst mal hier raus und das war
mein Versuch, zu leben

Als ich ganz alleine war
und mir war oft von Hunger schlecht
und ich fühlte mich wie ein Lurch
Angebote, aber keins davon echt
wußt ich immer, ich muß irgendwie da durch
was ich will, das muß es geben, ich pack es schon noch
ich schien ein Narr, doch ich suchte ja noch
bitter wars und schwer, aber doch
mein Versuch, zu leben

Als ich aufgestanden bin
aber stand wie gelähmt noch herum
wie von Salz war die Träne im Mund
es war aus, ich war leer, stumm und dumm
wollte bleiben, doch es gab keinen Grund
was es schien, das konnts nicht werden, schmerzte aber noch
harter Schnitt, war aber doch
mein Versuch, zu leben

Welch ein weher Klang
dringt mir in das Herz aus alten Liedern
von fernem Alltag fremder Sang
mit Trost möcht ich auf diesen Ton erwidern
aber wie's mir geht
läßt sich ja nicht klageschwer berichten
daß man Versuchung widersteht
heißt nicht wie ehedem auf sich verzichten

Dunkles altes Lied
ein Leben tönst du in mir mit
was immer mir geschieht
ich bin der Schritt nach anderm Schritt

Dunkles altes Lied
von frühem Tod und Aufbegehr
als ob mans selber sieht
als ob es so noch wahrer wär

Lied aus fernem Land
du hast mir die Kunde hergetragen
das greift nach mir wie schwere Hand
das Lied sagt alles, mehr kann keiner sagen

Dunkles altes Lied
ein Leben tönst du in mir mit
was immer mir geschieht
ich bin der Schritt nach anderm Schritt

Dunkles altes Lied
von frühem Tod und Aufbegehr
als ob mans selber sieht
als ob es so noch wahrer wär

Nein, wir sterben noch nicht
vergiß die Schrecksekunde
es war nur eine Wunde
nein, wir sterben noch nicht

Nein, wir sterben noch nicht
wir leben noch einmal von Anfang an
kehren zurück zu dem ersten Wort
mit dem alles begann

Wir streifen uns vom Herzen
die abgelebte Schicht
der Tod kann lange warten
er kriegt uns nicht, noch nicht

Wir drehen unsre Köpfe
mit allem Mut zurück
der Blick hilft beim Verwinden
wir spiel'n ein andres Stück

Nein, wir sterben noch nicht
wir sterben gewiß, aber jetzt noch nicht
einmal noch alles vom Leben spürn
einmal noch ganz ein Gesicht

Ich habe noch die Sehnsucht
nach allem, was es gibt
in jedem Abenddämmern
hab ich, was kommt, geliebt

Nein, wir sterben noch nicht
vergiß die Schrecksekunde
es war nur eine Wunde
nein, wir sterben noch nicht

Frühling, mach die Knospen auf
die Augen auf, die Herzen weit
wenn ich durch die Straßen lauf
schenk Gelegenheit

Gelegenheit, sich aufzutaun
sich endlich wieder umzusehn
mach aus der Welt mal wieder Männer, Fraun

Frühling, komm und mach
streif die Mäntel ab
fege unser Dach
bring träges Blut in Trab

Bereit den Sommer vor
der hält sich noch versteckt
bis jemand so wie du die Erde
mit allen Wundern weckt

Ich spür da eine Lust
die hol ich aus mir raus
die mach ich mir bewußt
und treib den Winter aus dem Haus

Gelegenheit, ich laß dich nicht entgehn
im Spiegel nach der Winterspur zu sehn

Ich spür da eine Lust
den Frühling kost ich aus
mach ihn mir ganz bewußt
und treib den Winter aus dem Haus

Ich will aus Liebe empfangen
und nur, weil ich mit Kindern leben will
mit einem stille ich mir dies Verlangen
und nur eins macht die Sehnsucht manchmal still

Ich will nie mehr gebären
für einen gewaltsamen Tod
ich will mich dagegen wehren
daß dem Kind, das ich zur Welt bring
eine falsche Ehre droht

Ich will den Schmerz auf mich nehmen
will lachen, wenn es stark ins Leben drängt
doch müßt ich mich vor seinen Fragen schämen
wär sein Dasein nur zu unheilvoll gelenkt

Ich lern mich tiefer begreifen
indes ich meinem Kind die Welt erklär
es nimmt mir Kraft und gibt sie mir zum Reifen
dieses dreifach Leben ist mir nicht zu schwer

Doch ich will nie mehr gebären
ein Kind, das zum Feinde sich kehrt
ich will mein Kind Frieden lehren
daß es selber Frieden nicht entbehrt

Nicht weinen können macht am meisten bitter
die trocknen Augen trocknen dir die Seele aus
nicht weinen können sperrt in enge Gitter
macht aus dem Herzen dir ein fensterloses Haus

Nicht weinen können, wenn da einer siegt
der lachend heulend hinterm Ziel
mit andern sich in Armen liegt
das hältst du nicht aus
das macht aus dem Herzen dir ein fensterloses Haus

Nicht weinen können, wenn für dich ein Kind
sein Bild von deinem Alltag malt
die Eltern so, wie sie halt sind
das hältst du nicht aus
du guckst aus den Augen als kaltes Wesen raus

Nicht weinen können macht am meisten bitter
ne Weile kommt man gut mit nackten Worten aus
doch wenn ich dasteh und ums Leben zitter
schwimm ich in Tränen weit zum Weiterleben raus

Nicht weinen können, wird er aufgehängt
der Dichter, schwarz und zwanzig war
da sag mir, wie man sich da fängt
das hält man nicht aus
die Welt als so ein fensterloses Haus
das halt ich nicht aus
ich schwimm in Tränen weit zum Weiterleben raus

Gib mir Dunkel
für die Scham
daß der lange Tag aus meinen Zügen
soviel Freude mit sich nahm
Gib mir Dunkel
mach mich wieder unberührt
Gib mir Dunkel

Gib mir Schweigen
Stillesein
laß mich keine Frische lügen
stellt sie sich nicht selber ein
Gib mir Schweigen
tu, als wärst du ungerührt
Gib mir Schweigen

Gib mir Schwäche
zeig sie her
wie denn sollte ich mir sonst genügen
wenn nur ich die Müde wär
Gib mir Schwäche
weil das an mein Starksein rührt
Gib mir Schwäche

Hilf mir leben
hol mich raus
denn ich will dich nicht betrügen
komm ich ausgelöscht nachhaus
hilf mir leben
laß mich heute unverführt
hilf mir leben

So alt mein Lied dir scheinen mag
vielleicht gar abgedroschen
reich mir dafür zwei Groschen
und deines Herzens Schlag

Es kommen drin so Wörter vor
die möchtest du vertauschen
statt ihnen nachzulauschen
mit deinem wachen Ohr

Du sagst, die Wörter gehn nicht mehr
willst andere erfinden
die Sprache kann erblinden
wird Hülse, welk und leer

Das Wort, ich tu's dir dennoch kund
es lebt mit unsrer Gattung
es teilt unsre Ermattung
und öffnet neu den Mund

Solange du nach Wörtern suchst
helf ich dir aus mit meinen
die sind mit dir beim Weinen
und immer wenn du fluchst

Du bist zu glatt mir und zu kühl
weißt alles leicht zu sagen
dahinter steckt zuviel Gefühl
in allzu engem Kragen

Erde, halt still
ich leg mich auf dich hin
und schlafe selig ein
wie unter grün und blauem Wein
und merke, daß ich bin
Mehr
braucht es manchmal kaum
als ohne Hemd und Schuhe
im Juligras in Ruhe
eine Stunde lang so schweben
halb in Schläfrigkeit und Traum

Erde, halt still
die Feuer tief im Bauch
die halt, und wärm mich nur
mit Schein und Sommerhauch
Mehr
muß es oft nicht sein
als Ahnung von Gewalten
die sich im Zaume halten
eine Stunde lang so schweben
ganz allein und nicht allein

Erde, halt still
sei mir ein warmes Tuch
schick mir vom Meer den Wind
ich atme deinen Erdgeruch
und fühl mich wie als Kind
Mehr
braucht es manchmal kaum
als ohne Hemd und Schuhe
im Juligras in Ruhe
eine Stunde lang so schweben
halb in Schläfrigkeit und Traum

Erde, halt still

Friedenszeit
Geborgenheit
kein Jahr wie seinesgleichen
der Sommer prangt
sei bedankt

Friedenszeit
der Himmel weit
das Blau läßt sich erreichen
zur späten Nacht
die leise macht

Ich kann mich fern erinnern
an die Zeit davor
habe die Worte noch
von Angst im Ohr

Friedenszeit
die Kinderzeit
des Friedens war die eigene
das Dasein noch
hart und doch
gelebt

Friedenszeit
die Himmel weit
das Blau läßt sich erreichen
zur späten Nacht
wenn der Wolkenstore
sich hebt

In einem von den kleinen Wagen
rast täglich durch die Stadt
ein Held mit entzündetem Magen
der zeigt, was er denkt und hat.
Und er rächt sich bei Gelb für die Blicke seiner Frau
und das dämliche Fernsehprogramm
an allen Mahnbriefschreibern
an allen selbständigen Weibern
und er hat den scharfen Einblick
in die Heinis in Metallic
und das treibt seine paar Räder
beinah aufn Damm
doch er hat ein Herz für Kinder
das tut er Erstaunten kund
und bremst scharf, quert ein Blinder
seine Straße mit'm Hund
doch kommt so ein Weib an die Kreuzung
und vielleicht fährt die nicht ganz ran
na, da drückt er auf die Tube
fährt ihr beinah in die Stube
und er zeigt der Ziege, was er mit ihr kann
Denn die andern alle
diese andern alle
gegen die muß sich einer wie er wehrn
da müßten die Politiker ganz anders
und die weißen Mäuse müßten endlich
und er selber müßte, was denn ...
die andern alle belehrn
die andern
die trotz seiner Gefühle
sogar im dichtesten Gewühle
mit ihrer Power
sogar in der rush hour
schon immer seine natürlichen Feinde warn
da muß er mal dazwischenfahrn, dazwi ...
Ogott

Was für ein Zelt aber auch wieder
wieviel Paare drunter schamlos liebevoll
die Sterne falln reihenweis nieder
so eine Nacht, wie ich da drüber soll

Vergessen, vergessen
Glück gestern, Glück heute
vergessen, vergessen
als wärn wir wildfremde Leute

Was für ein Duft kommt aus den Gärten
früher schlug da sicher noch ne Nachtigall
ob die damals sich länger wehrten
kamen trotz Angst wohl genau so zu Fall

nach wem denn nun rufen
nach all dem „dann geh doch"
gegangene Stufen
so komm und tröste mich doch noch

Was für ein Klang, sind das nicht Glocken
ähnlich dem Namen, den ich jemandem gab
sie ließ sich so leicht damals locken
sie war so weich, wie ichs heut gerne hab

Vergessen, vergessen
Glück gestern, Glück heute
vergessen, vergessen
als wärn wir wildfremde Leute

Ein Lied von früher
beinah vergessnes
eins, bei dem haben damals die armen
Leute gefeiert
Song für zwei Groschen
Song für die Gossen
einer, bei dem die Alten noch einmal träumen und
swingen
So'n Lied von früher
weckt ein Erinnern
an eigene Liebe
eigenen Abschied
eigenes Leben
seit es wie neu ist
machts Junge träumen
spielt in die Liebe
bleibt nach dem Abschied
reicht hin durchs Leben

Ein ernster Mollakkord
naja, so auch
ein unvergessnes Wort
wie Herz
ein Wort wie Schmerz gleich drauf
der dumme Reim
ein Klang löst Patina und Leim

Ein Lied von früher
beinah vergessnes
eins, bei dem haben damals die armen Leute gefeiert
gleich nach dem Kriege
Mut in die Wiege
Song, bei dem heute Junge
begeistert tanzen
so'n Lied kann nochmal
'n Discohit geben
unsere Eltern tanzen ihn anders
Tränen im Auge
tanzen ihr Leben

War eine Flamme
jäh, so jäh
wollt nicht verlöschen
zäh, so zäh
hab ich statt noch und noch einer Nacht
ein Lied draus gemacht

War ein Erinnern
weh, so weh
warn ein paar Worte
geh, so geh
einmal gesagt, holst du's nie mehr ein
die Müh ist zu klein

Flamme und Worte
was wird daraus
Geh oder Weh
was löst mehr aus

Flamme und Worte
was ist mehr wahr
jäh oder zäh
fahr, Liebe, fahr

War die Sekunde
schön, so schön
da wollt ich alles
sehen, sehn
hielt mich zurück, wollt nicht untergehn
ich wollt nicht gehn

War eine Flamme
heiß, so heiß
Blatt meines Lebens
weiß, so weiß
stand ich wie neu da, noch einmal neu

Zwischen Phantasie und Traute
droht die Luft der Prüderie
schlägt dir einer gut die Laute
überwind die Prüderie

Kommt dir einer so gelegen
daß die Lust sich überträgt
dann bewundre jenen Degen
der sich für dich schlägt

Ach, du hast dir vorgenommen
daß dich keiner ganz besiegt
da ist manche schon gekommen
die nun besser liegt

Sind wir nicht blutwarme Wesen
in den Träumen toll
Prüderie, der kalte Besen
kehrt, was er nicht soll

Kommt dir einer in die Quere
der dich wecken will und kann
laß ihn, er füllt deine Leere
treib ihn dazu an

Zwischen Phantasie und Traute
droht die Luft der Prüderie
näht dich zu mit bittrer Raute
wozu brauchst du die

Wenn du mit mir und so nicht willst
weil Dauer heut nicht üblich scheint
wenn du dich so in Schweigen hüllst
und sagst, es wär nicht so gemeint
dann geh, richt dir ein neues Dach
mach drum nicht mich
das Kind nicht wach
ich will nicht wie auf dem Bahnsteig leben
es muß noch was anderes geben

Wenn du mit mir und so nicht willst
erklär mir meine Seele nicht
wo du vor Mitleid überquillst
daß du beinah zusammenbrichst
da geh, nimm deine Trauer mit
frag in zehn Jahrn
wie lang ich litt
ich will nicht wie auf dem Bahnsteig leben
es muß noch was anderes geben

Wenn du mit mir und so nicht willst
da hol aus dir die Wahrheit raus
was immer du dir damit stillst
da sehn wir endlich ehrlich aus
so geh, halt deinen Rücken grad
dreh dich nicht um
kein Wechselbad
ich will nicht auf dem Bahnsteig leben
es muß noch etwas anderes geben

Wir sind noch immer jung
sekundenlang nachts warnt uns das Gebälk
doch wir, schwer von Erinnerung
sind noch in gar nichts welk

Weißt du das
ich denk an uns
und lache mir die Augen naß
so viele Jahre frei von Haß
meist leicht, meist frei gebunden

Ein schöner Zufall wars
wir haben uns gefunden

Wir sind noch immer heiß
und fort von der Welt, wohin denn, warum
da bring ich dich ja um
Weißt du das
ich hab mit dir noch immer auch den tiefen Spaß
wo ich je lag, je mit dir saß
das bleibt an dich gebunden
ein schöner Zufall wars, wir haben uns gefunden.

Wir sind noch immer da
im Schrecklichen auch, wir standen uns bei
wir warn grad da uns innerst nah
von Fremdheit warn wir frei

Weißt du das
ich seh dich an, du bist mitunter müd und blaß
ein durchsichtiges helles Glas
erloschen fast für Stunden
mein schönster Zufall, du
wir haben uns gefunden

Alles, was Flügel hat, fliegt
meine Gedanken, meine Sehnsucht dir hin
alles, was Flügel hat, fliegt, fliegt, fliegt
auch, wenn ich erdenschwer bin

Fliegt oft ein Blick zwischen dir und mir
der vorher so niemals kam
fliegt auch ein Wort
auf und davon
das Wärme mit sich nahm

Alles, was Flügel hat, fliegt, fliegt, fliegt
sei es ein Seufzer, den kein Wort dir erklärt
alles, was Flügel hat, fliegt, fliegt, fliegt
fort oder her umgekehrt

Schick ich ein Lied hin, das alles weiß
wenn sich die Sprache versagt
fliegt auch ein Ruf
schon vorbei
der ach, kaum nach mir fragt

Alles, was Flügel hat, fliegt
meine Gedanken, meine Sehnsucht dir hin
alles, was Flügel hat, fliegt, fliegt, fliegt
auch, wenn ich erdenschwer bin

Die ersten Schritte auf dem Seil
die waren noch unglaublich leicht
drüber des Himmels blauer Teil
drunter dein Blick, der keinem gleicht

So schöne Augen auf mir
und eine Stimme, die mutig macht
ich war noch weit entfernt von dir
ich habs gewagt und du hast nicht gelacht

Die ersten Schritte auf dem Seil
sah straff gespannt von unten aus
komm ich darüber, bleib ich heil
nimmst du mich an vor deinem Haus

So schöne Augen auf mir
und eine Geste, die lockt mich hin
meint, komm doch näher, ich bin hier
sei du so mutig, wie ich es nicht bin

Die ersten Schritte auf dem Seil
fiel fast mein Herz und stürzte ab
drunter so schroff, so weit, so steil
daß ich mich da gehalten hab

So schöne Augen auf mir
und eine Angst auch, die hielt mich fest
hilf oder laß es, ich komm zu dir
wenn du mich nur dann nicht fallen läßt

Als der Tag aller Tage
mit der Sonne heraufkam
schwand in ehrlichen Leuten jene Scham
vor dem hungernden Kind
vor den wartenden Alten
vor den Waffen, die ruhten
bis der Tag aller Tage endlich kam
und das Ende der Scham

die brennende Sonne stieg
und die Arbeit war ein schweres Tun
das Volk hatte keinen leichten Sieg
gegen den Tod mit den schweren Schuhn
Nacht der Übermacht

Als die Nacht aller Nächte
uns die Nachricht herantrug
wie das Herz in der Brust uns anders schlug
Milch und Brot für das Kind
Dank und Hoffnung für die Alten
und der schöne Kopf der Fraun
wandte sich den Männern anders zu
und sie schworn, den Sieg zu halten
Eis der Trauer aufzutaun
tanzten, langsam erst und dann wie toll
nach dem Tag aller Tage
in der Nacht aller Nächte
als das Volk seine Zukunft an sich nahm
kam das Ende der Scham

Was für ein schöner, ganz normaler Tag
wo die Nacht davor das eine
ungestört beim andern lag
und die Straße wurde still nach dem zwölften
Glockenschlag

und dann stieg die Sonne auf
die alte, gelb und groß
bei dir und mir, bei jedermann
ging die Alltagsarbeit los

Was für ein schöner, ganz normaler Tag
bißchen Ärger ist das eine
doch das meiste keine Plag
sprech mich aus in deinem Arm, wo ich nach uns beiden
frag

draußen spieln die Kinder Zeck
das laute alte Spiel
es fürcht' sich keins in sei 'm Versteck
das ist ganz normal und viel

Was für ein schöner, ganz normaler Tag
voll Bemühn ums Weiterleben
gegen jede Niederlag
ach, wie groß das Leben wird, wenn ich es nicht nur
ertrag

Was für ein schöner, ganz normaler Tag
feiern wird zur schönen Arbeit
aber grad so umgekehrt
dieser ganz normale Tag ist doch eine Feier wert

Dasein
dasein für die Kinder
bis sie erwachsen sind

Dasein
dasein für den einen
den ich sehen muß und wär ich blind

Dasein
in dem einen Leben
das uns gegeben ist

Dasein
etwas daraus machen
daß dich jemand braucht
dich vermißt

Dasein heißt nicht einfach da zu sein
dasein heißt, ich bring mich selber ein
grenzenlos

Jedes Jahr, das mir zum Glück gegeben war
wollt ich ganz und machte es mir groß
unvergessen bleibt nur das bewegte Jahr
so lebendig wie der Erde Schoß

Dasein
in dem Buch des Lebens
wo man sich ehrlich schreibt

Dasein
für den Frieden da sein
daß er erhalten bleibt

Ein Gesicht, ein fremdes Gesicht
ein Mund lacht mich an
aber ich lache nicht
Wer bist du
Was meinst du
Wer könntest du sein
fremder Mann, ich leb nicht allein

Bei dir blühte mein Gras
vielleicht grüner
wärn für Stunden die Sehnsüchte
kühner
lachte mitten am Tage
ein Mann mir neu zu
das wärst du

Welch ein Ton, ein freundlicher Ton
ein Wort dringt mir her
aber ich kehr mich schon
Wer bin ich
Was mein ich
wer könnte ich sein
was dann wär, wär ich jetzt allein

Irgendwo blühte mein Gras
vielleicht grüner
wärn für Stunden die Sehnsüchte
kühner
lachte mitten am Tage
ein Mann mir neu zu
das wärst du

In zehn Minuten kommt mein neuer Mann
genügend Zeit also, dir noch zu schreiben
Es geht mir ganz wunderbar
ich hab jetzt krauseres Haar
und ein neues Bett, das mußte sein
er und ich, wir werden zusammenbleiben

Das Frühstück geht nun immer ohne Krach
mit meinem neuen Mann kann man nicht streiten
er geht mich in Ruhe an
ich merke, wie gut ich das kann
die Zeit mit dir ist fast ein Märchen her
du und ich, das warn ganz andre Zeiten

Ich liebte deinen Namen
seiner liegt mir nicht so
wenn wir zur Ruhe kamen
dann war ich wo

Wenn ich mich zu dir setzte
dann war immer was los
wenn ich dich je verletzte
war mein Schmerz grad so groß

Ich wollte dich besitzen
du drangst in mein Gehirn
getarnt von dummen Witzen
und reiner Stirn

In zehn Minuten kommt mein neuer Mann
der wird mit mir die Stube glattweiß malern
ich werd wohl gleich mit getüncht
es geht mir jetzt wie gewünscht
ich flipp kaum noch aus, dreh nie mehr durch
er spart Möbel an von unseren Talern

Ich liebte deine Schritte
er geht so, wie man muß
wenn ich ihn um was bitte
klar, ja, und Kuß

Er hat dich abgeschrieben
keiner spricht mehr von dir
ihn würd fast jede lieben
schließlich tut er was dafür

In zehn Minuten kommt mein neuer Mann
ich sag dir noch einmal, 's wär nicht gegangen
es geht mir jetzt wunderbar
du bist schon fast nicht mehr wahr
es war Wahnsinn und von allem viel zu viel
mir gehts gut und mehr kann man nicht verlangen

und in zehn Minuten kommt mein neuer Mann

Du hast Worte gesagt
die man niemals vergißt
meine Antwort
galt für ein Leben

Ich hab anders gelebt
als mir je möglich war
und du selber
warst mir ein andrer

Da gings bitter mit uns
da war schweigende Nacht
da warn Tränen
war nochmal Anfang

Da wars besser als je
schien es einfacher nun
da war Zartheit
die ist gewachsen

Da war ich manchmal alt
du so stark und so jung
da gings mir gut
und du warst müde

du entferntest dich mir
ich ging beinah von dir
laß uns alt sein
und einander lieben

Und da war noch ein Anflug von Liebe im All
in dem wir als zwei Pünktchen wohnen
aber was, wenn ich dir in die Hände fall
würde das sich für beide denn lohnen

Doch da war noch etwas
das macht Kopfkissen naß
und im Schlaf zeigt es andre Gestalt
es gebietet mir Halt
es umgibt mich wie Wald
und hat immer mit dir zu tun

Und da warn noch die Zeilen in einem Kuvert
das warn Worte, die wir umgingen
und wir sagten, zu groß, das ist es nicht wert
so was kann höchstens jemand singen

Doch da war noch etwas
das macht unverhofft blaß
wenn der Zufall die Schritte uns lenkt
ganz egal, was man denkt,
es ist da, ist geschenkt
und hat immer mit dir zu tun

Und es kam noch ein Augenblick, da schien's ganz leicht
sich wie Liebende zu benehmen
hat die Zeit oder hat uns der Mut nicht gereicht
zu sagen, wir sollten uns schämen

Doch da war noch etwas
das ich nie ganz besaß
und mit dir hätt es Leben gehabt
die Erinnerung sagt
doch, ich hab es gehabt
und es hatte mit dir zu tun

Mein Gott, warn wir jung
mein Gott, warn wir laut
jeder von uns wollte
alles, was man kriegen kann
wir nahmen an
uns gerbt fast nichts die Haut

Mein Gott, warn wir jung
kein Schritt ging zu weit
Leben war ein Stück von
noch viel größrer Ewigkeit
was war ein Tag
paar Stunden aller Zeit

Obs da wem ans Leben ging
weiß ich nicht
wer da wie am Leben hing
weiß ich nicht
von mir sogar
vergessen manches Jahr
aber sag das nie einem
der heute grad genau so ist
der die ganze Welt an sich selber mißt
laß ihn sein, lernts allein

Mein Gott, warn wir jung
waren wir oft hart
jeder von uns sagte
Worte, die man nie vergißt
was man sich traut
mein Gott, warn wir in Fahrt
jung und hart
jung und laut

All jene Buchen
sind bis heute noch ein Wald
gehst du sie besuchen
wirst du still und dir wird kalt

Soviel Leben hat die Erde schweigend
aufgenommen
wird nicht wiederkehrn, ans Licht der Sonne
kommen

Buchen und Steine
mahnen heute noch im Rund
Tote, alle meine
nahe jenem Schienenschlund

Soviel Leben hat die Erde schweigend
aufgenommen
wird nicht wiederkehrn, ans Licht der Sonne
kommen

Steine und Namen
unser Herz pocht das Geleit
still, so wie wir kamen
gehn wir fort, sind stumm zu zweit

Unser Leben hat das alles aufgenommen
was zu sagen bleibt, es ist auf uns gekommen

Halt mich im Leben
o gib mir Verlaß
geh nicht vor mir
alles daneben
vergeht und wird blaß
geh nicht vor mir

Halt uns zusammen
es kommt da nichts mehr
bis zum Ende
Jegliche Flamme
braucht ihren Verzehr
geh nicht vorher

Halt mich im Leben
auch fern nahebei
geh nicht vor mir
alles daneben steht uns beiden frei
stirb nicht vor mir

Von aller Heimat
ist dir eine zubemessen
der Teil der Kinderzeit
auf immer unvergessen
das war nur dort und auf der Welt
sonst nirgendwo

Ob schwach, ob starker Streiter
ob glücklich, ob allein
das trägst du in dir weiter
es wird bis hin zum letzten Atem
dein Stück Heimat sein

Die erste Liebe
ihr Erwarten, ihre Klagen
zu früh, und doch und doch
es war ja zu ertragen
hier war sie dein und auf der Welt
sonst nirgendwo

Von aller Heimat
kannst du dies nie von dir trennen
wo zum Gedenken dir
zur Schneezeit Lichter brennen
das war nur dort und auf der Welt
sonst nirgendwo

Ob klein, ob als der Größte
ob glücklich, ob allein
der Teil, der sich nie löste
der wird bis hin zum letzten Atem
dein Stück Heimat sein

Wie warn wir armen Weiber
doch nie gebenedeit
wo des Mannes Stern am höchsten stand
welkten unsere Leiber
wenn sich kein Freier fand

Wir lebten unsre Bahnen
von all der Sehnsucht voll
wie ein eignes Leben reicher wär
doch wir konnten nur ahnen
die schönere Beschwer

Wie wollten wir gern lieben
doch was das Herz sich fand
ging in Kirche Kammer Küche hin
hat sich früh aufgerieben
war selten von Bestand

Ringlein und Kettchen
haben geklirrt
dein und mein Bettchen
machten verwirrt
haben erschrocken
uns vor zuviel gewehrt
wie, hat uns die Schule leider nicht gelehrt

Alltagsbanales
hat uns verstört
Alltagsfatales
nicht aufgehört
quatschten beim Rotwein
denn wie mans mutig kehrt
das hat uns die Schule leider nicht gelehrt

Heißa, wir sind Schüler geblieben
bei der Arbeit
beim Streiten
und sogar noch beim Lieben

Andre Modelle
glitzerten bunt
manch neue Welle
schwamm uns zu Mund
wie man was nimmt
wie man was nicht begehrt
das hat uns die Schule leider nicht gelehrt

Heißa, wir sind Schüler geblieben
bei der Arbeit
beim Streiten
und sogar noch beim Lieben

In den ersten zwei Wintern
kaum ein Stuhl unterm Hintern
zu früh schon das erste Kind
Luft voll Braunkohlenasche
fast kein Geld in der Tasche
hinterm Haus sieben Meter Wind

Das war der Anfang, unsre erste Zeit
und der Himmel so hoch
auch von dem drohte Leid
doch das Leben lag vor uns
ein endloser Weg
alles rings schien anzufangen
nun sind wir schon zehn Schritte gegangen

Immer zu große Pläne
lang und wild unsere Mähne
und Angst, ob der Frieden hält
Vietnam vor der Türe
Schmerz, den ich heut noch spüre
Chile wird an die Wand gestellt

Das war der Anfang, unsre erste Zeit
war der Himmel so hoch
auch von dem drohte Leid
doch das Leben lag vor uns
ein herrlicher Weg
alles rings schien anzufangen
nun sind wir schon zehn Schritte gegangen

Gab auch ratlose Stunden
kaum Erklärung gefunden
oft unnötig aufgeregt
von verdammten Querelen
könnten wir viel erzählen
doch die haben auch was bewegt

Unser Schneid, oft beschnitten
hat nicht drunter gelitten
wir bissen uns durch bis hier

hin und her und Menkenke
wenn ich manchmal dran denke
ging mir oft auch nicht gut mit mir

Doch es war unser Anfang, unsre erste Zeit …

Manchmal wird die kleine Wohnung
mir zum überfüllten Saal
manchmal braucht ich ne Belohnung
fang zu friern an unterm dicksten Schal

Auto hab ich nich
Telefon krieg ich nich
Schmuck besitz ich nich
nich maln Trabbi fährt mich über Land
all das wär ganz schön
muß auch ohne gehn
solang ich die Moral und was zu essen übrig hab
manches wär ganz schön
muß auch ohne gehn
aber ohne Freude haut es mich ins Grab

Manchmal sitz ich heut an Tischen
die hab ich mir mal vorgestellt
merk, ich muß mich da verzischen
was gesagt wird, ist nicht meine Welt

Gönner hab ich nich
Beziehungen besitz ich nich
Glück erzwingt man nich
Kompromisse fallen mir sehr schwer
dabei wärs ganz schön
muß auch ohne gehn
wenn ich nur ein Stückchen Boden untern Füßen hab
manches wär ganz schön
muß auch ohne gehn
aber ohne Freude haut es mich ins Grab

Manchmal wird der Strom der Dinge
so, als reißt er mich ins Meer
aber selten, wenn ich singe
in die Augen vor mir bin ich wer

Wunder bring ich nich
Heilesegen kann ich nich

lügen mag ich nich
ich erschein hier auch nicht gut getarnt
manches wär ganz schön
muß auch ohne gehn
wenn ich, daß ich will und
meine Kraft hier oben hab
manches wär ganz schön
muß auch ohne gehn
aber ohne Freude haut es mich ins Grab

Der war doch eben noch ein Kind
in einer neuen Rolle
mit seiner Igeltolle
sieht er zu, daß die andern nicht anders sind
will er Weiber verführn
zuviel Schnaps ausprobiern
hört Musik, die ich grad noch versteh
hat ne Sprache, daß ich lieber geh
kommt angerannt, rennt wieder raus
sieht in den Augen anders aus
und war doch eben noch mein Kind

Der lag doch eben noch in mir
den hab ich doch genährt
die Fäustchen abgewehrt
der war so klein, so klein
der war so mein, so mein
das scheint vorbei zu sein

Der war doch eben noch ein Kind
der wollt die Schaukel schwingen
baumhoch und dazu singen
der hat immer nur ungern sein Pensum gelernt
weiß nicht, wen er jetzt liebt
welche Welt es da gibt
meine Angst macht das Herz schnell und heiß
aber Angst ist ja nie ein Beweis
ein falsches Wort, er sieht mich an
wie einer, der nicht reden kann
ich bin ihm sternenweit entfernt

Der lag doch eben noch in mir
den hab ich doch gestützt
den hab ich doch beschützt
der war so klein, so klein
das scheint vorbei zu sein

Rühme mich nicht
ich bin eine faule Person
die nur macht, was ihr Lust bereitet
die sich bis aufs Messer streitet
aber was passiert mir schon

Rühme mich nicht
ich such mir das Beste heraus
noch wenn ich die Krallen schärfe
noch wenn ich mich unterwerfe
niemand rührt ans Herz, ans Haus

Rühme mich nicht
ich jammere und schrei noch genug
auch wenn ich ganz ruhig scheine
nur daß ich so selten weine
spricht von etwas Selbstbetrug

Komm rein, mein Freund
hier steht dein Glas
hier ist derselbe Platz
das Leben ist so laut und bunt
reicht oft nur für einen Satz

Komm rein, mein Freund
und laß dich ansehn
sag mir, wie's dir geht
laß uns reden, bis der eine
den andern neu versteht

Ein Freund aus alten Tagen
das ist eine Welt für sich
du kannst andern vieles sagen
aber so kennt keiner dich

Komm rein, mein Freund
es ist nicht wahr
daß wir dieselben sind
mir scheint heut vieles, was du sagst
zu verständlich und zu klar
die alte Zeit, die kehrt nicht wieder
wie du sie auch nennst
ich möchte tiefer in dich reinschaun
sein, daß du mich neu erkennst

Ein Freund aus alten Tagen
den ersetzt kein neuer Freund
doch er stellt ganz andre Fragen
wenn er dich zu kennen meint

Halt dich raus
halt du dich raus
zwischen ihm und mir
gibts ein andres Gespür
mach ihn nicht zu deinem Gespött
als ob ich mich ausgeheult hätt
über ihn
ich weiß nicht, ob ich es verdien
was er tut, tut mir weh
durch den Leib bis zum Zeh
halt dich raus
halt du dich raus

Sag es nicht
halt du dich raus
schau, von unsern Jahrn
hast du zuviel erfahrn
mag ja sein, er weiß keinen Rat
daß noch größres Traurigsein naht
das mag sein
das bewältigt keiner allein
es tut ihm selber weh
zwischen uns liegt kein See
halt dich raus
halt du dich da raus

Frag ihn nicht, halt du dich raus
zwischen mir und ihr
geht der fight, den ich führ
aber ehe sie sich da fand
war ich oft zu hart bei Verstand
aber doch
das weiß ich und er weiß es noch
es mag ausgehn, wie's will
aber du sei mal still
Mama, jetzt
halt du dich raus

Ich war mal dein Sohn
heute bin ich ein Mann
der dich besser als damals
verstehen kann
Wie es geht mit den Söhnen
sie wolln einfach raus
kannst sie noch so verwöhnen
sie gehn alle aus dem Haus

Aber deine Augen strahlen
mich noch heute an
so, als wäre ich der größte
und der schönste Mann
daß wir viel zu selten reinschaun
fällt dir bitter schwer
möchtest uns nie Böses zutraun
traust uns viel zu sehr
ich hab dich geliebt und glaub
ich lieb dich heute mehr

Ich war mal dein Sohn
heute habe ich Angst
weil du nie auf dich achtest
und nichts verlangst
Ich werd selber bald wissen
wie schwer so was fällt
seinen Sohn zu vermissen
der Versprechungen nicht hält

Aber deine Augen strahlen
mich noch heute an
so, als wäre ich der größte
und der schönste Mann
Karten hab ich dir geschrieben
Blumen auch geschickt
oft bin ich zu kurz geblieben
doch, das reut mich sehr
hab dich doch geliebt und glaub
ich lieb dich heute mehr

Wie lang ist das her
grüne Bäume, sommerschwer
rauschte jener eine Bach
Vogelstimmen trug es her

Wie lang ist das her
langsam wurde ich da wach
und der Regen fiel aufs Dach
wie ich ihn bis heute hör

Dorthin, dorthin
die Mappe weg und aus den Schuhn
wieder einmal Arbeit mit den Händen tun

Dorthin, dorthin
zu jenem Pflaumenknödelduft
und dann langsam gehn durch Regenabendluft

Wie lang ist das her
steht vielleicht die Tür noch auf
oder liegt ein Balken quer
wenn ich jetzt nach Hause lauf

Dorthin, dorthin
das erste Wegwolln noch mal spürn
und allein im Bett die großen Reden führn

Wie lang ist das her
grüne Bäume, sommerschwer
rauschte jener eine Bach
Vogelstimmen trug es her

Ein Stück Regenbogen in der Dunkelheit
nur ein Stück, nicht Horizonte breit
seh nicht Anfang, seh kein Ende irgendwo
aber doch so einzigartig lichterloh

Ein Stück Regenbogen oder auch ein Lied
in der Nacht, sogar noch in der Nacht
ohne Anfang, ohne Ende irgendwo
macht uns stiller oder weckt uns lichterloh

Ein Stück Regenbogen oder auch ein Wort
Frag und Antwort werden zum Akkord
ohne Anfang, ohne Ende irgendwo
aber doch wie ewig und ganz neu all so

Ein Stück Regenbogen in der Dunkelheit
Blick und Mund, noch soviel Lebenszeit
so am Anfang ist kein Ende irgendwo
alles war schon einmal da, doch niemals so

In Bethlehem brannte ein Licht
in jener Dezembernacht
den Sohn hat Maria geboren
man sagt, er war auserkoren
Windeln hatte sie nicht

Auf Heu und Stroh gebettet
liegt Marias erster Sohn
sie haben ja nichts gerettet
von des Josef schmalem Lohn

Zu Haus waren sie nicht reich
zum Essen hats grade gelangt
und unter ein Dach sich zu legen
nun ziehn sie auf fremden Wegen
die sind keinem Flüchtling weich

Sie klopfen an viele Türen
o helft, Leute, seht mein Weib
viel Kälte war da zu spüren
und das Kind wollt aus ihrem Leib

Sie ließen sie nicht in ein Haus
gewährten nur Platz im Stall
Maria, dein Sohn liegt in Blöße
doch dein Glück ist von Sternengröße
komm, Hirt, in die Knie fall

Man wird später einmal sagen
daß Gaben von Königen warn
wer wird nach Maria fragen
wenn ihr Sohn stirbt in jungen Jahrn

In Bethlehem brannte ein Licht
in jener Dezembernacht
den Sohn hat Maria geboren
man sagt, er war auserkoren
Maria war es nicht

Hat mich gehalten
schon dreimal zehn Jahr
war erst ein Gedanke
wird immer mehr wahr
Leben muß mehr sein als Träumen und Geknecht
wenn ich mich umseh
hab ich immer noch recht

Hat mich getrieben
zu früh durch die Tür
ich wollt auf den Grund sehn
kriegte Kummer dafür
Leben muß mehr sein als Raffen und Geschwätz
und wenn ich die Herzhaut
mir dabei verletz

Hat mich geleitet
mal grad, mal die Quer
ist in mir geblieben
und es schwindet nie mehr
Leben muß mehr sein, als Zeit, die halt vergeht
Leben muß so sein
daß man sich drin versteht

Hat mich gebeutelt
und drüber gebracht
es hat auch gekostet
von der köstlichsten Fracht
Leben muß mehr sein als ein Ausguck im Turm
mich treibts nach draußen
in ne Mütze voll Sturm

Du atmest als Mensch
nicht viel anders als das Meer
Wellen laufen über deine Seele
kommen weißgottwo her

Und immer dieser leichte Schlag
auf nachgiebigen Sand
eine Uhr läuft ab in Nacht und Tag
dein Schatten fällt auf flaches Land

Sind Tiefen in dir
in den Winkeln wächst Gestein
nein, das möchtest du von dir nicht glauben
du willst unverletzt sein

Und immer dieser leichte Schlag
auf weichen hellen Sand
deine Uhr läuft ab in Nacht und Tag
dein Schatten wächst auf flachem Land

Du atmest als Mensch
alle Wärme, die du kriegst
und lernst trotzdem Kälte auch ertragen
die du oft nicht besiegst

Und immer dieser leichte Schlag
auf nachgiebigen Sand
eine Uhr läuft ab in Nacht und Tag
dein Schatten fällt auf flaches Land

Wenn er sich dann freut
weil wir alle da sind und alle gesund
und wenn Mutter überall noch ein bißchen Butter drantut
bißchen Salz oder Zucker draufstreut
dann ist das Leben einen Geburtstag lang
Heiligabend oder Ostern fast gut
dann schenkt er was ein
wir stoßen an und besonders auf ihn
wünschen, daß er lange lebt und uns erhalten bleibt
und er soll doch man ruhiger sein
weil er alles getan hat und immer noch, doch
und ob er nicht Lust hat, daß er mal über sich schreibt
über seine Geburt, armselig genug
und über die Prügel, Söhne, hört zu
und der erste Glaube, der erste Betrug
und die langen Halbjahre ohne Strümpfe und Schuh

bißchen lesen gelernt und sich dadran gereckt
die fleddrigen Schwarten gepumpt und versteckt
und schon zu den Helden, dort beinah verreckt
was da immer in ihm war, das war mit zwanzig schon
verdreckt

wenn er sich dann freut
weil wir alle da sind, mal ganz nahebei
und wenn er dann was erzählt und es wird nichts
rechts daraus
weil die Worte fehln für was ihn reut
aber wir tun, als wärn wir woanders nie
so geborgen und so richtig zu Haus
und er sieht uns an
er möchte was sagen und weiß nicht wie
daß er froh ist, daß es uns nicht so beschissen geht
und die Enkel, wie stolz er sein kann
und es wird doch wohl gut gehn, wird doch irgendwie
wer'n
da seh ich, wie er stirbt und von nichts was versteht

Schön zu sein
begehrt und jung
alles an mich zu reißen
mit Riesenschwung
lange Zeit hat das ausgereicht

Wach zu sein
in viel verstrickt
jemand etwas beweisen
so leicht entzückt
lange Zeit hat das ausgereicht

Ach, war das leicht und schön
einer Nacht auf den Leim zu gehn
und keiner Lust
nein, keiner Lust
ernsthaft widerstehn
es war vielleicht nicht klug oft
aber es war doch schön

Weich zu sein
mal so, mal so
ohne Tiefe zu loten
verweint wie froh
lange Zeit hat das ausgereicht

Hart zu sein
vom Kuß zum Schluß
balanciern in zwei Booten
lange Zeit hat das ausgereicht

Ach, war das leicht und schön
einer Nacht auf den Leim zu gehn
und keiner Lust
nein, keiner Lust
ernsthaft widerstehn
es war vielleicht nicht klug oft
aber es war doch schön

Weiß nicht, wie andre Töchter sind
die meine geht nun aus dem Haus
sieht anders und glücklicher aus
ich muß mich erst dran gewöhnen
daß wir nicht mehr die Große und die Kleine sind
vielleicht ist es leichter mit erwachsenen Söhnen

Laß sie gehn
laß sie gehn
sie muß es ausprobiern
nimm mich in deine Arme
es wird Zeit, etwas zu verliern

Sie macht sich vor dem Spiegel schön
und macht sich ihr eigenes Lied
sie sieht, was kein anderer sieht
sie sagt, wir sind ihr nichts schuldig
außer Weihnacht und Ostern, wo ich sie verwöhn
wir sehn alles ein und sind doch ungeduldig

Laß sie gehn
laß sie gehn
sie muß es jetzt erfahrn
ein fremdes Stückchen Leben
Scheint vorbei, was wir für sie warn

Laß sie gehn
laß sie gehn
sonst geht sie uns verlorn
du hast sie nur gezeugt
sie wird jetzt noch einmal geborn

Nun ist es schon so viele Jahre her
oft dacht ich, das Bild ist verblaßt
die Umrisse wußt ich noch ungefähr
und was du Besonderes hast

Wenn eine mich ansah nach deiner Art
dann hab ich es wieder gemerkt
wie leicht sich Erwartung von neuem stärkt
und daß ich noch etwas erwart

Und gar unter Bildern in freier Luft
im Frühling, sie ähneln sich ja
da war wie verschwunden die alte Kluft
und alles von dir wieder da

Nun ist es schon so viele Jahre her
und klang nach in mir all die Zeit
es gab einen See, der war viel zu breit
tut weh, als obs heute so wär

Solange wir alle am Leben sind
bleibt Hoffnung, du hast an mir teil
und zeigt sich am Baum schon der tiefre Keil
so kennt er nun Glut, kennt den Wind

Nun ist es schon so viele Jahre her
wir haben getrennt gut gelebt
nur manchmal, da riecht es wie Wald am Meer
ich spür, wie die Welle mich hebt

Was bleibt, wenn nun die Freunde sterben
zu früh von Arbeit aufgebraucht
wer lebt, kann neu um Freundschaft werben
in die er wie in Liebe taucht

Was bleibt uns von den roten Nelken
wenn wir sie regenfleckig sehn
da sagen wir, sie stehn und welken
sind nicht mehr rot, sind nicht mehr schön

Wir sehen mit geblähten Nüstern
die Jungen, lüstern auf Gefahr
Wenn wir feig von Erfahrung flüstern
gleichen wir ihnen kaum ein Haar

Sie wolln die eignen Fähnchen hissen
wir unsre noch nicht niederholn
ich weiß, wann sie uns kaum vermissen
wir lieben sie oft zu verstohln

Was bleibt, ist tief gewordnes Sehnen
daß ein Mensch sich uns ganz ergibt
wenn wir uns müde an ihn lehnen
voll Hoffnung, daß uns dieser liebt

Was bleibt, das ist dies schöne Rasen
das sich nur manchmal scheu vermummt
die Scham um Jud, Soldat, Vergasen
die erst mit unserm Tod verstummt

Laß dich erinnern
wie wir schliefen
da draußen war es hell und Nacht und wieder Licht
Laß dich erinnern
ob da Gewesne oder Kommende uns riefen
wir dachten ihrer und auch wieder nicht

Laß dich erinnern
an den Flieder
wir blickten zwischen Worten suchend zu ihm hin
Laß dich erinnern
von allem Leben holten wir uns Bilder wieder
so komm, hieß das, nimm mich als einzig hin

Laß dich erinnern
wir wir trieben
wir hielten uns und hatten selber doch kaum Halt
Laß dich erinnern
es war der Augenblick, sich ganz zu lieben
so leicht, wie ich die Hände um dich falt
O laß dich erinnern

Der erste Ton
das erste Wort
niemals anders ist das Lied
an jedem Anfang weißt du schon
welch ein Ende dir geschieht

eine Hand kennt die andre in Sekunden
läßt sie los, oder bleibt an sie gebunden

Er kommt zu deiner Tür herein
sieht dich an, greift nach dem Glas
du wolltest hingerissen sein
doch es langt kaum für nen Spaß

Dessen Stern streift den deinen für Sekunden
Sehnsucht war und ist gleich darauf verschwunden

wer wär nicht gern geheimnisvoll
wär nicht gern von Wundern toll
schön weckt uns der berauschende Ton
und dieser Blick, nur kenne ich ihn schon

eine Hand kennt die andre in Sekunden
läßt sie los, oder bleibt an sie gebunden

So war die Welt bis gestern wohl
heute ist das alles nicht mehr wahr
noch wenn ich mir den Mond runterhol
das wär auch nicht sonderbar

Nein, niemand kam zur Tür herein
ich bin hier und wart vor seinem Glas
ach, warum denn so abgeklärt sein
er kommt und bringt mir Liebe oder Spaß

Die Zeit unsrer Liebe geht dem Ende zu
schon kannst du neben mir kaum noch schlafen
ich hoff, daß ich übertreibe
und daß ich nicht ausgerechnet jetzt
alleine bleibe

Es könnte ja sein
daß alles noch wird
ich hätt mich so gerne
in uns geirrt
aber die Zeichen, die deutlichen Zeichen
die sich immer
immer verteufelt gleichen

Der Morgen am Sonntag geht nun eilig an
du bleibst nicht mehr erwartungsvoll liegen
ich hoff, daß ich übertreibe
und daß ich nicht ausgerechnet jetzt
alleine bleibe

Es könnte ja sein
daß alles noch wird ...

Du gehst mir entgegen und dann blickst du fort
was willst du und was kannst du nicht sagen
ich staun, daß ich hier noch bleibe
und daß ich nicht ausgerechnet jetzt
die Dinge zum Ende treibe

Es könnte ja sein
daß alles noch wird
ich hätt mich so gerne
noch einmal geirrt

Gib ihm die Antwort
enthalt sie ihm vor
der Tag macht es offenbar
es ist alles gewesen
eh er alles verlor
die Augen sind wieder klar

Er hat seine Zeit gehabt
seine Chance für die Ewigkeit
und nun steht er wie ein dummer Junge da
und nun sieht er wie ein dummer Junge aus
die Zeit vertan, verschlossen ist das Haus

Sag ihm die Hälfte
im leichtesten Ton
und wenn dir so ist, dann wein
doch du könntest auch schweigen
denn er weiß es ja schon
ab morgen ist er allein

Er hat seine Zeit gehabt
seine Chance für die Ewigkeit
und er weiß noch nicht, wie selten es die gibt
und er glaubt, er wird noch tausendmal geliebt
nun fühl dich frei, die Chance ist vorbei

Laß ihn davongehn
und halte ihn nicht
da reicht nun kein Wort mehr aus
es ist alles gewesen
hatte doch kein Gewicht
es hilft dir kein Mitleid raus

Er hat seine Zeit gehabt
seine Chance für die Ewigkeit
und nun steht er wie ein dummer Junge da
und nun sieht er wie ein dummer Junge aus
die Zeit vertan, verschlossen ist das Haus

Ich geh barfuß durch ein Feuer
aber komm mir nach
mach Gewöhnliches uns teuer
aber komm mir nach

Laß mich sacht wie Schnee bedecken
aber komm mir nach
ich laß mich von dir erwecken
aber komm mir nach

Ich will weich sein wie der Regen
aber komm mir nach
ich verschaff uns allen Segen
aber komm mir nach

Ich bekenne mich zu Schwächen
aber komm mir nach
komm auf unerkannte Flächen
aber komm mir nach

Treib mich über meine Ränder
aber komm mir nach
sieh, wie viel ich an mir änder
aber komm mir nach

Meine Liebe geht in ihr achtes Jahr
nicht ohne Narben
nicht ohne ein weißes Haar
nicht, ohne daß wir nicht manches verdarben

Hat aber doch standgehalten
nur sternenschnuppenlang war auch Haß
im Ganzen konnt sie sich entfalten
nur Schweigen, nur Schweigen macht Liebe zu blaß

Wie die Kinder haben wir uns verwundet
wegen eines Wortes
vergessen, gestundet
nur Schweigen macht alle Worte schal

Meine Liebe geht in ihr achtes Jahr
nicht ohne Narben
nicht ohne ein weißes Haar
nicht, ohne daß wir nicht manches verdarben

Wie die Kinder haben wir uns vergessen
schienen ohne Treue
bereut und bemessen
nur Schweigen macht Qual

Meine Liebe geht in ihr achtes Jahr
wird vielleicht leiser
wird größer, als sie je war
aber nicht weiser

Heut war da wieder so ein Duft
es roch wie sommers in der Brotzeit
lag schon Erwartung in der Luft
man sah, nun ist es bald soweit

Den dicken Mantel leg ich ab
auch wenn ich mir die Knie noch blau frier
komm, Sonne, komm, bring den in Trab
der mich schön wärmen könnte hier

Er muß sich wirklich sehr beeilen
bald geht der Frühling richtig los
ich würde jetzt mein Bett gern teilen
es ist für mich allein zu groß

Ich geh an seinem Haus vorbei
er spielt ein Lied, das heißt wohl Eiszeit
mein Freund, bald wirds doch aber Mai
wir tun, als wärn wir nicht gescheit

Du mußt dich wirklich sehr beeilen
bald geht der Frühling richtig los
ich würd gern meine Sehnsucht teilen
sie ist für mich allein zu groß

Ich weiß noch, wie die erste Liebe tat
wie gut ich ihr Geheimnis noch weiß
war sechzehn, als er um mich bat
die Sehnsucht
die Sehnsucht
die Sehnsucht war heiß

aber wenn er vor mir stand
war ich ein andres Wesen
das keine Worte mehr fand
seine Schrift konnte ich nicht mal lesen

wir haben uns zweimal geküßt
nicht dreimal, weil ich das heut noch wüßt

Ich weiß noch, wie die erste Liebe war
die Fäden haben beide gewebt
zwei Fremde, doch ich glaube sogar
von da an
von da an
hab ich erst gelebt

aber wenn er vor mir stand
wußt ich ihm kein Wort zu sagen
kaum, daß mein Blick seinen fand
dabei konnte er wunderbar fragen

wir haben uns zweimal geküßt
nicht dreimal, weil ich das heut noch wüßt

immer, wenn er vor mir stand
war die Hoffnung nie gewesen
hab ihn und mich nicht gekannt
nur im Tagebuch kann ichs noch lesen

wir haben uns zweimal geküßt
nicht dreimal, weil ich das heut noch wüßt

Wenn du mich je verlassen mußt
weil dich ein andres treibt
verleugne nicht die frühe Lust
was eins vom andern da gewußt
war Zittergras, das bleibt

Wenn du mit jemand anders lebst
mag er dir alles sein
wenn du den Blick nur nicht verschließt
sobald du auf Vergangnes siehst
es macht kein Glück dir klein

das macht kein andres Glück dir klein
Begehrn ist ja vorbei
was war, das muß am Leben sein
ich geb davon nichts frei

Wenn ich dir nicht ganz einzig bin
du selig tiefer tauchst
was wir uns fanden, lebt da mit
die Freude und was jeder litt
glaub nie, daß du's nicht brauchst

Das macht kein andres Glück dir klein
Begehrn ist ja vorbei
was war, das muß am Leben sein
ich geb davon nichts frei

O Schöne
deine Blicke
weniger wäre mehr
deiner warmen Lippen Lücke
weniger wäre mehr

O Liebe
deine Schwüre
hast du's kleiner nicht
deine ständig offne Türe
und dahinter soviel Licht

O Schöne
die Gefühle
weniger wäre mehr
um den Tisch stehn eng die Stühle
weniger wäre mehr

O Liebe
deine Reden
viel zu laut, zuviel
beinahe überzeugst du jeden
aber das ist auch nur Spiel

O Liebe
Meine Mütze
gib sie wieder her
all dein Strahlen, soviel Blitze
weniger wäre mehr

Also schlag schon zu
dieser Traum heutnacht hatte
doch was zu bedeuten
als ob alle Glocken
auf einmal läuten

Also, schlag schon zu
mit zwei Wörtern aus Eisen
mit nein und niewieder
mit einem von deinen Blicken
schlag mich nieder

Mach doch endlich, mach
ich steh ja da und warte
darauf, wie es anfängt
als ob es jemals so wäre
wie man es sich vorher ausdenkt

Also, schlag schon zu
mit einer von deinen Gesten
die gar nichts besagen
mit einfachem Fortgehn
das wohl am ehsten

Also, schlag schon zu
dieser Traum heutnacht hatte
doch was zu bedeuten

Was heißt hier Frühling, Mann
das bißchen Blühn und Treiben
die Dichter geben an
die denken sich was aus, dann ham sie was zum
Schreiben

Was soll denn da sein
was nicht auch sonst und immer so gewesen ist
's wird wärmer am Bein
was soll denn da sein
daß man was Grünes mehr als im Dezember frißt

Was heißt hier, Lenz is da
das ist ein Trick der Weiber
die meinen sich, doch kla'
son Weib spinnt ganz genau so wie son Lyrikschreiber

Was soll denn da sein
mir hat mein Bier doch im Dezember auch
geschmeckt
die Katers, die schrein
das muß ja wohl sein
und daß man Ostern albern irgendwas versteckt

Was heißt hier Wonnemond
was heißt hier Trieb und Lüste
ich denk da immer dran
da muß nicht Frühling sein, wo jeder denkt, er müßte

Ich möchte versuchen
nie mehr zu lieben
auch wenn das vielleicht niemand versteht
ich hab es doch immer
verflucht übertrieben
ich weiß nicht, wie weniger geht

Wenn ich liebe
liefre ich mich aus
bin eine Schnecke
ohne ihr Haus
ich bin immer übern Scheitel untergetaucht
Mann, wie das schlaucht
von jetzt an wird mir niemand zu nahe treten
Ich mach mir ein Schild an: Gefühle verbeten!

Ich möchte versuchen
niemand zu halten
auch wenn das bis ins Herz hinein beißt
ich möchte zu alt sein
für solche Gewalten
wo Sehnsucht ein'n beinah zerreißt

Wenn ich liebe
renne ich herum
schlaf nich und freß nix
glotz dauernd dumm
ich benehm mich, als wär ich ein
Weihnachtsgeschenk
und was ich dann denk
von jetzt an wird mir niemand zu nahe treten
Ich mach mir ein Schild an: Gefühle verbeten!

Ich möchte versuchen
nie mehr zu lieben

Vorbei
das ist ein Wort
das ich nie hören will
nicht hören kann, mir steht der Atem still

Vorbei
und jemand geht
spricht aus
was keiner denkt
das Herz wird kalt
wie tief ins Meer versenkt

Wer will noch hören
wie's angefangen hat
wer will noch hören
wer was begangen hat
Verschweig ein Teil
und werd wieder heil
das Spiel steht patt

Vorbei
das ist ein Wort
ich lösch es aus der Welt
es blitzt so auf, eh's wie ein Messer fällt

Wer will noch hören
wer was begangen hat
wer will noch hören
wer was begangen hat
Verschweig ein Teil
und werd wieder heil
das Spiel steht patt
beide Könige matt

Wenn es Zeit wird
um zu sehn, die andern sind schon ein Stück weiter
fühln sich gut so
und sie finden neue andere Begleiter
sag dann nicht, wir hatten Glück
und wir bleiben doch zu zweit zurück
deine Blicke sind zu tief
weck mich auf, wenn ich durch sie verschlief

Wenn es Zeit wird
wieder mal allein hinauszugehn ins Leben
zu probieren
ob die alten Worte heut noch Sinn ergeben
sperr mir nichts aus Liebe zu
hab nicht Angst, wenn ich für mich was tu
gegen Leben darf sich keiner wehrn
nur wer fortgeht, kann auch wiederkehrn

Laß uns wissen
wann es Zeit wird

Liebe braucht auch solche Zeit
alle andern sind unhörbar weit
da zählt nichts als der Moment
wo man nur noch diese Augen kennt

Wenn es Zeit wird
wieder einfach mal 'ne Nacht lang nur zu schlafen
denk dann bloß nicht
jetzt geselln wir uns halt wieder zu den Braven
wenn es Zeit wird auch für Streit
halt dagegen und tu dir nicht leid
deine Augen sind so schön
machen, daß ich mich oft schnell versöhn'

Wenn es Zeit wird
mal zu warten und mal seinen Mund zu halten
das muß auch sein
leg dann nicht gleich deine Stirn in tiefe Falten

doch wenns dir zu lang erscheint
sag ganz laut, so war das nicht gemeint
und dann fall ich sicher um
eine Weile nur, zu lang macht dumm

In manche Zimmer nickt der Mond und grinst
sie gefallen ihm so gut
wenn du dann vom Buch einmal nach draußen linst
kommst du dir vor
wie unter einem weichen warmen Hut

In manchen Zimmern stehn die Sessel so
daß man nicht draus fortgehn will
jeder ruht da weich wie sonst wohl nirgendwo
und manchmal liegt sogar die Katze still

Die Lampe scheint da niemals viel zu hell
es ist nicht zu aufgeräumt
niemand rennt da, niemand redet viel zu schnell
wenn einer dasitzt und ganz leise träumt

In manchen Zimmern ist es immer warm
da kanns draußen schnein und wehn
bist du traurig, nimmts dich in den Arm
da atmest du und denkst, es wird schon gehn
es wird schon gehn
irgendwie, ach ja, wirds weitergehn

O Weib, du gehst mir ins Blut
dabei hab ich mir alles so vernünftig gerichtet
O Weib, du hebst mir den Hut
dabei hatt ich Vernunft und Gefühl wohlgeschichtet

Da war der Mai eben der Mai
gar nix weiter dabei
und der Juli, wie man weiß
da is Sommer, da is heiß
eh du dein Teil vererbst
ist es achtzigmal Herbst
das is Leben, nix dahinter
wenn es schneit, dann is es Winter

O Weib, das Leben war grad'
unser Hund wuchs heran als ein verläßlicher Kumpel
O Weib, wie ist das doch schad
und nun wieder im Herzen dies alte Gezumpel
O Weib, ich weiß ungefähr wie man
wirbt und wie man ankommt und auch wieder heraus
O Weib, nun weiß ichs nicht mehr
mein Brennholz an der Wand reicht für Jahrzehnte noch aus

Da war die Nacht eben die Nacht
manchmal hat mans gemacht
und ein Blümchen, wie man weiß
ist der fleißgen Hausfrau Preis
daß du mit ihr verkehrst
die Mutter in ihr verehrst
das is Leben, nix dahinter
wenn es schneit, dann is es Winter

O Weib, was hab ich getan
du hast mir mein Leben vor die Füße geschmissen
O Weib, du nahmst mir den Wahn
ja, ich haß dich dafür und ich kann dich nicht missen
O Weib, da kommt nun ein Mai
ich möcht glatt untern Regen, doch ich spüre die Krücken
O Weib, ich sehn dich herbei
du bist schuld an dem ganzen verdammten Entzücken

Es sind die Tage, die kürzer werden, o ja
etwas tut sich schon bei soviel gedrängtem Leben
unsre Umarmung wird eiliger, als sie war
etwas verliert man schon
hin und her hört etwas auf zu schweben

Es ist die ganze Liebe noch
es ist das Herz nicht, das da sperrt
und jede Trennung fällt genauso schwer
es ist die ganze Liebe noch
der ganze Kummer, der zum andern zerrt
dennoch, man kriegt sich ein
so auf Tod und Leben ist es nicht mehr

Es sind die Tage, die kürzer werden, o ja
etwas tut sich schon bei soviel gedrängtem Leben
nur unsre Hoffnung wird ruhiger, als sie war
manchmal setzt sie auch aus
Zeit und Wildheit wär ihr jetzt zu geben

Zwei gehn durch die Stadt
sie liebt ihn, er hat sie satt
im Mondlicht glitzern ihre sonst so sanften Augen
von unterdrückten Tränen beinah hart
da weiß er wieder, wie's mit ihnen angefangen hat
wie er sie haben wollte um fast jeden Preis
und den ersten Kuß, die erste Nacht
es bringt ihn beinah um, was er auf einmal wieder weiß
da holt er sich ihre Hand
nun ist alles nicht wahr, was vorher wahr gewesen ist
doch die Finger, die er sucht, die überläßt ihm jemand nicht
und die Blicke, die er ausschickt, finden ein anderes Gesicht
eine Stimme, schwach noch, sagt, es hat sich nicht gelohnt
nichts Neues unterm Mond

nun weiß sie wieder, wie's mit ihnen angefangen hat
wie er sie haben wollte um fast jeden Preis
und den ersten Kuß, die erste Nacht
es bringt sie beinah um, was sie auf einmal wieder weiß

Zwei gehn durch die Stadt
er liebt sie, sie hat ihn satt

Aus der schönen Blöße
wird der schamlose Entblößer
die Sehnsucht in Verstandes Gatter
wird irgendhin reger
hierhin matter
die Wut von Mal zu Mal größer

Aus dem einzig Hinwolln
wird ein träges trottlig Schlendern
das Glück im löcherlosen Kasten
trägt kaum noch Behagen
viel mehr Lasten
man muß sich andauernd ändern

Aus dem großen Rasen
ist was Läßliches geworden
das könnt auch jemand anders kriegen
ich könnte bei manchem
grad so liegen
die Nacht wird zum hohen Norden

Aus der schönen Blöße
ist was ganz Nacktes geworden

Wenn ich einen Tag verschenke
durch eigne Laune und durch Trägheit meiner Sinne
wenn ich an mich selber kaum, noch an wen anders
denke
wenn ich nichts mehr fortführn will und nichts beginne

Verliert das Leben, das ich hab den Atemzug
als ob der Vogel regungslos verharrt in seinem Flug
als ob der Fluß sich staut, gerät aus seinem Fließen
statt Baum und Strauch zu gießen

Wenn ich einen Traum begrabe
geb meinen Schneid auf und die Kühnheit der Visionen
wenn der schöne Schub mir stirbt, der Mumm, den ich
sonst habe
wenn ich nichts mehr ändern will, es könnt nicht lohnen

Verliert das Leben, das ich hab, den Atemzug
biegt sich die Schiene, die ich schlagen muß von
Tag zu Tag
da brennen Narben neu, die trug ich schon gelassen
seh mich ins Leere fassen

Wenn ich einen nicht mehr liebe
und bei ihm bleibe, um die Möbel nicht zu teilen
ihm nicht meine Wahrheit sag und alles von mir schiebe
mir und ihm nur Wunden schlag, die nicht verheilen

Verliert das Leben, das ich hab
den Atemzug
als ob der Vogel regungslos verharrt in seinem Flug
als ob der Fluß sich staut, gerät aus seinem Fließen
statt Baum und Strauch zu gießen

Ein Lied so blau
so himmelblau
so dunkelrot und seidig
das brauchte ich, das brauchte ich
wozu so herzlich leid ich

Erleid die Schmerzen all so alt
die wir doch längst durchschauen
mir ist so weh, so heiß und kalt
mit Himmeln, dunkelgrauen

Wo sind sie hin
wo sind sie hin
die mir zu Füßen lagen
die Treppe runter ließ ich sie
um meine Härte klagen

Es gibt Millionen andre doch
warum will ich den einen
ich nehm mir den und jenen noch
Ersatz bringt mir das keinen

Ein Lied so blau
so himmelblau
so dunkelrot und seidig
das geht durch mich, das geht durch mich
danach zu tun, vermeid ich

Zu ihm zu gehn, ihn anzuschrein
was läßt du dich so täuschen
vier Kanten hat mein Ton gehabt
war laut in Siegesräuschen

Und darfs nicht tun und darfs nicht tun
's wär hundert Jahr zu frühe

Ihm wär, ich stünd in seinen Schuhn
ersparte ihm die Mühe

Das macht mir Schmerzen, all so alt
wie schon seit je den Frauen
ich möcht etwas, ich weiß etwas
und darf mich das nicht trauen

Ich hab mir das Haar gewaschen
da kam er stinkend herein
besoffen, im Arm zwei Flaschen
er sagte, bedient will er sein

Ich hab mir den Mut genommen
und wehrte ihn schweigend ab
zwei Hände hab ich bekommen
daß ich noch die Spur davon hab

Es ist kein Geheimnis
für die Kumpels und für seinen Chef
für die halbe Stadt
für seine Mutter und
das Kind und unsern Hund
ist der Mann blau
schlägt er seine Frau

Ich bin von der Schicht gekommen
da lag er kotzend herum
ich habe ihn hochgenommen
und wusch ihn, heulend und stumm

ich habs mir gefallen lassen
bis zu einem Wintertag
da fing ich an, ihn zu hassen
und mich, weil ich es ertrag

Nun hör ich da manchen sagen
was läßt sie den Mann im Stich
wer solls denn statt ihr ertragen
und außerdem ändert er sich

Er braucht mich und will nicht schlagen
und leugnet, daß er trinkt
mich muß man nicht mehr fragen
was Liebe zum Gegenteil bringt

Es war kein Geheimnis
für die Kumpels und für seinen Chef
für die halbe Stadt

für seine Mutter und
das Kind und unsern Hund
ist der Mann blau
schlägt er seine Frau
krepier, Mann, krepier daran

Gegen das Sterben
wächst kein Kräutlein noch
aber wohl, daß kein Herz uns mehr verdorrt
dies ist ein Ort
über den der Feuerdrache kroch
dies ist ein Ort
der abgestorben war
der sich erhob nach dem zwölften Höllenjahr

In jenen Jahren
war das Wort verflucht
und es hatte das Glück hier keinen Hort
dies ist ein Ort
wo uns Trägheit jeden Tag versucht
dies ist ein Ort
mit Herzensblut getränkt
Heimat, denk ich, wie man irgend Heimat denkt

Was ich hier suche
findt sich oft nicht leicht
und nicht immer gedenk ich des Woher
dies ist mein Ort
den ich wach und scharf zu sehn begehr
dies ist mein Ort
drin nichts aus einem Guß
Ort für Tränen und den erst und letzten Kuß

Ehe der Krieg beginnt
siehst du ihn entstehn
kannst du seine Flaggen sehn
wie sie mit ihm zu Rate gehn
riechst du ihn im Wind

Ehe der Krieg beginnt
wird das Volk verarmt
bis der Staat sich sein erbarmt
und es zum Todestanz umarmt
weil's nun Helden sind

Ehe der Krieg beginnt
wird der Haß entflammt
bis er aus dir selber stammt
bis sich das Schwert von selber rammt
Weib nicht schont noch Kind

Ehe der Krieg beginnt
nehm ich jede Hand
lob mein friedenswillig Land
das hat Krieg fürchterlich gekannt
es weiß, wie die Kriege entstehn
ehe der Krieg beginnt
kannst du ihn sehen

Wo ich nie gewesen bin
wächst der Mut von selber nach
irgendwann mal komm ich hin
und tu das, was ich versprach

Ein fremdes Lächeln werd ich sehn
werd als Fremde vor dir stehn
dann werden wir uns fragen
was ist uns vordem geschehn
denn ich kenn dich, kenn dich, kenn dich
doch ich hab dich nie gesehn

Wo ich nie gewesen bin
hört ein jeder jedem zu
wird erkennbar jeder Sinn
und ich will tun, was ich tu

Ein andres Lächeln hab ich dann
das gilt dem unbekannten Mann
der für mich geschaffen wär
es ist einfach zu verstehn
den da kenn ich, kenn ich, kenn ich
doch ich hab ihn nie gesehn

Wo ich nie gewesen bin
wo ich vorher niemals war
dort will ich noch immer hin
aus der Ruhe in Gefahr

Der Schnee wird bald verschwinden
aus Grau wird wieder Grün
wir werden Blüten finden
die niemals mehr verblühn

Wir werden Briefe lesen
noch aus der kalten Zeit
wir sind nicht fort gewesen
das tut uns heut noch leid

Doch ich, doch ich erheb mich
als obs ganz einfach wär
wie alles rings, so leb ich
Verlorn, gewonnen mehr

Ich wag mich in die Nähe
von dem, was prall entsteht
als ob ichs nie mehr sähe
Gefühl, das bald vergeht

Wir werden Himmel sehen
so aufgerissen blau
ein tieferes Verstehen
macht Liebe mehr genau

Der Mai schickt uns Vergnügen
für selig nackte Haut
das schafft noch kein Genügen
obwohl es uns erbaut

Und ich, und ich erheb mich
spring über Schatten groß
wie anders je denn leb ich
so Winter, laß mich los

Ein ganz umfassend Wollen
treibt alles vor die Tür
das Herz holt aus dem Vollen
sein sicheres Gespür

Das sind die Bilder
aus dem eigenen Leben
die man nie vergißt
ob man sein Brot mit Kaviar und Champagner
oder mit Tränen ißt

Das sind die Bilder
aus dem eigenen Leben
schwarzweiß oder bunt
die wird man wissen bis nahe ans Sterben
die machen die Träume wund

Damals
für einen winzigen Vorteil gelogen
oder wars Feigheit, das triffts wohl noch mehr
da ist der bunte Vogel fortgeflogen
wir riefen, doch sein Baum blieb seither leer

Damals
weil es dir lästig war, bist du gegangen
draußen war Schneeluft, drin matte Wiederkehr
Geschichten, toterzählt, die nicht mehr langen
es tat dir leid, ich glaube, nicht mal sehr

Das sind die Bilder aus dem eigenen Leben
die man nie vergißt
ob man sein Brot mit Freunden oder eilig
an einem Kiosk ißt

Das sind die Bilder
aus dem eigenen Leben
eckig oder rund
die wird man wissen bis nahe ans Sterben
das Herz bleibt davon wund

Damals
eine ehrliche Liebe geleugnet
andres war wichtig und man weiß ja nie

vermutlich war sie eh nicht so geeignet
wer weiß, was noch kommt und warum dann die

Damals
von den Eltern, was kann man verlangen
wissen zu wenig, was schon von ihrem Kind
mit ihnen ist nichts mehr anzufangen
man weiß doch, wie Eltern eben sind

Das sind die Bilder
aus dem eigenen Leben
die man nie vergißt
ob man sein Brot
mit Kaviar und Champagner
oder mit Tränen ißt

In der Kitschecke meiner schwarzen Seele
liegt eine Menge Zeugs, das ich vor dir verhehle
da kommt ein fremder Kerl und rächt mich mit dem
Schwert in seiner Wut
da schlägt er drein, dann steht er da und wie der aussieht,
einfach gut
ich stehe weißgewandet mit den Augen eines Osterlamms
der schöne Prinz vor mir hat wie sein Pferd das gleiche
Silberwams
in meiner schwarzen Seele
ist eine närrisch plüschig blau und goldne Höhle

Auf der Leinwand seh ich gern Liebe leiden
ich heule wie um mich, wenn zwei verzichtend scheiden
aber noch reicher fließt die Träne, kriegen zwei sich
endlich ganz
ach, ich beneide diese Grete, ich beneide ihren Hans
hat sie was falsch verstanden und gibt sich von eigner Hand
den Tod
da gönn ich ihr kristallnen Schnee, dahinter 'n irres
Abendrot
in meiner schwarzen Seele
ist eine närrisch plüschig blau und goldne Höhle

Wenn du da bist und sacht die Schatten sinken
wie gerne würd ich schöner Worte Nektar trinken
daß du mal Verse sagst, Balladen oder Wilhelm Busch
auch nur
was da entflammen muß, das lebt doch nicht alleine von
Natur
man kann ja ruhig meist vernünftig mit der Sache Liebe
tun
doch manchmal brauch ich einen weißen Schleier über
roten Schuhn
in meiner schwarzen Seele
ist eine närrisch kluge blau und goldne Höhle

Nimm deinen Hut
den verbeulten
nimm deinen Brief
den zerknäulten
nimm deine Schuhe
den Anzug aus dem Schrank
nimm dir zum Abschied
die eingeweckten Erdbeern
und spiel hier nicht va banque
nimm dir die Platte mit dem Sprung
nimm die Erinnerung
nimm deinen Hut und laß mir mich und laß mir mich

So klangen doch unsre Worte
war'n wir damit nicht schnell bei der Hand
ach, es fehlte uns an Einsicht und Erbarmen
ach, es fehlte uns vor allem an Verstand

Wir stießen herab wie Falken
trat uns jemand nur irgend zu nah
o wir hatten doch die Hülle und die Fülle
und der Spiegel war für unsre Augen da

Nimm deinen Schwur
den gebrochnen
hol deinen Hund
den verkrochnen
nimm deine Füße
dein altes Grammophon
nimm die elf Bücher
das ganze Sammelsurium
und laß mal diesen Ton
nimm dir die Vase mit dem Kraut
es ist schon angegraut
was weißt denn du schon über mich, schon über mich

So klangen doch unsre Worte
war'n wir damit nicht schnell bei der Hand
ach, es fehlte uns an Einsicht und Erbarmen
ach, es fehlt uns am meisten an Verstand

Wir warn nicht sehr hart im Nehmen
aber rasch hat uns Weichsein gereut
damals warn wir so schamlos, uns zu schämen
nein, ich glaub nicht, daß mich die Erinnrung freut

Nackt geborn
in die Welt, so grell und kalt
wärst verlorn
gäb dir keines von uns Halt
aber Mama legt dich auf ihren Bauch
unsern Namen kriegst du auch

Nackt ans Licht
dein empfindliches Gesicht
zugedeckt
in den Armen warm versteckt
ähnlich ihr und mir
du schreist laut: Ich bin hier
einen Anfang hab ich schon entdeckt

Nackt und bloß
geben wir, was du verlangst
schrankenlos
denn wir haben um dich Angst
wie lang dauerts, bis du uns etwas fragst
und die Antworten kaum noch magst

Nackt und wahr
wirst du wollen, daß wir sind
viel zu früh
sagst du: Ich bin doch kein Kind
du wirst dastehn, der Tag kommt bald genug
und denkst, deine Stunde schlug
nur kein Vielleicht, nur noch ja und nein
keinem etwas verzeihn

Ja oder nein
gleich oder nie
Haß oder Liebe
um jeglichen Preis
nur noch kalt oder heiß

Ja oder nein
nichts oder alles zugleich
ja oder nein

Nackt geborn
in die Welt, so grell und kalt
wärst verlorn
gäb dir keines von uns Halt
ein paar Wochen, dann siehst du uns schon an
bald entdeckst du dich als Mann

Ja oder nein
gleich oder nie
Haß oder Liebe
um jeglichen Preis
nur noch kalt oder heiß

Ja oder nein
nichts oder alles zugleich
ja oder nein
so wird es sein
nur noch kalt oder heiß
nur noch schwarz oder weiß

Vor mir liegt ein ganzes Leben
hoff, daß ichs begreif
und nicht nur die Oberfläche
mit den Augen streif

Daß ich keinen Teil verschenke
der mir nachher fehlt
auch mal mutig wen verlasse
der am End nicht zählt

Vor mir liegt ein ganzes Leben
das ich haben will
kein Zweig auf dem Baum des Lebens
den ich mir nicht füll

Jede Träne will geweint sein
jeder Spaß belacht
ich will alles, bis das Alter
mich gelassner macht

Wozu hätt ich denn geboren
dich für mich gewollt
wenn ein Tag mir wie ein Pfennig
aus den Händen rollt

All meine Töchter, alle
sind so dumme Dinger
tappen in jede Falle
geraten in jedermanns Finger

Zerheuln sich das nächtliche Kissen
wo immer es grade liegt
sie tun, als ob sie fast nichts wissen
und lügen, daß der Balken sich biegt

Geteilt wird die letzte Schnitte
noch der letzte Groschen
wenn ich sie nur drum bitte
krieg ich Stube, Geheimnis, Broschen

All meine Töchter, alle
haben empfindliche Leiber
rennen nach jedem Balle
und sind oft ganz traurige Weiber

und wenn sie einander nicht hätten
und stünden einander nicht bei
sie lägen noch erstarrter in Betten
die werden zu bald wieder frei

Keine der Töchter, keine
hat mich schon ruhig gemacht
die meisten sind gar nicht meine
als ob das viel Unterschied macht

In diesem Sommer werd ich dir was zeigen
als ob du meine erste Liebe wärst
ich werd dir gar nichts, was ich will, verschweigen
bis du mich so wie keinen je begehrst

In diesem Frühling werd ich schon ein Fakt sein
kein nüchterner, ich schlag dich in Bann
im Sommer aber werd ich wahr und nackt sein
ich werd im Nachtigallen-Swing-Blues-Takt sein

April versinkt, ich fang schon immer an

In diesem Sommer laß ichs schnein und regnen
aus Blüten, Tränen, Federn, bißchen Grün
in diesem Sommer werd ich dir begegnen
und mich um dich wie nie zuvor bemühn

In diesem Sommer werd ich mich nicht zügeln
die Augen weit, wie niemals aufgepaßt
von deinen, allen deinen sanften Hügeln
hoch fliegen wir mit unsern Sommerflügeln

April versinkt, so spür, wie du mich hast

In diesem Sommer werd ich nichts verpassen
wer weiß, obs uns noch einmal so gelingt
ich werd was tun, nicht nur geschehen lassen
bis uns der Sommer ungeahnt durchdringt

In diesem Sommer werd ich dich verwöhnen
das macht auch mich bis in die Seele neu
ich werd dich mit Vergangenem versöhnen
der Sommer wird, wie ich nur irgend kann

April versinkt, ich fang schon immer an

Ich hab zum Glück noch soviel Zeit
mein Himmel ist noch leer, noch breit
ich kann mit meinen beiden Händen
noch alles an jeden und dreifach verschwenden
ich habe noch die Zeit

Ich hab die Mitte kaum erreicht
mir fällt noch alles in den Schoß
und geht wer, kommt ein andrer leicht
die Mittagswege gleißen groß
ich habe noch viel Zeit

Natürlich hab ich schon gelebt
gehöre mir, gehör wo hin
sind Tag und Nacht noch dicht gewebt
bin noch nicht raus, bin mittendrin
ich habe noch viel Zeit

O meine schöne Erde
mit Werden voller Sinn
ich nehme deine Zeichen
nicht einfach nur so hin

Ich laß mich von dir warnen
Erfahrung hab ich viel
o nein, ich will nicht tarnen
gefährlich Menschenspiel

Ich liebe deine Weite
worin mein Platz auch ist
sieh, wie ich um dich streite
daß du unsterblich bist

Sieh, wie ich mich verbünde
der klügern Menschheit Teil
wir haben gute Gründe
nur geht der Weg nicht steil

O meine schöne Erde
wie wenig Zeit ich hab
ich hoff, so wie ich lebe
daß ich dir Leben gab

In meinem Umwald
klopft ein Specht
ihr machts nicht recht
ihr machts nicht recht

In meinem Nußbaum
mahnt ein Fink
ich bin kein Ding
ich bin kein Ding

An meine Ufer
schlägt der See
ihr tut mir weh
ihr tut mir weh

> Das alles weiß ich gut
> wie Abhilf nötig tut
> wir sind dabei, es umzukehrn
> wird lange Jahre währn

In meine Augen
schaut das Kind
wie riecht der Wind
wie riecht der Wind

Der nächste Wind nimmt
wieder Wald
da wirds ja kalt
da wirds ja kalt

> Das alles weiß ich gut
> wie Abhilf nötig tut
> wir sind dabei, es umzukehrn
> wird lange Jahre währn

Aufrecht sterben wie die Bäume
will ich und ich wehre mich
um die überkühnen Träume
grade die ja brauche ich

Nein, nicht leben auf den Knien
mit ergrauend mattem Herz
keinen Augenblick mehr fliehen
hochauf oder erdenwärts

Jeder Tag bringt solch Ermüden
daß ich kaum die Nacht noch weiß
meine Sinne suchen Süden
Kälte ist ein hoher Preis

Schwer, als wäre ich von Quadern
schein ich oft am End zu sein
und dann strömts neu durch die Adern
sucht die Hand, sie ist allein

Aufrecht sterben auch die Birken
die dem Wind so offen sind
ihnen ähnlich möcht ich wirken
offen, doch nicht Spiel dem Wind

Wie die besten unsrer Alten
es getan, noch immer tun
sich bis ganz zuletzt erhalten
statt auf Ruhm sich auszuruhn

Alle Jahreszeit ist Leben
grünend oder weiß besternt
heb den Blick, ich muß ihn heben
daß er so zu sehen lernt

Langsam beugt der Herbst sich
über das Geäst
Blätter wird es regnen
wenn er sich fallen läßt

Fahler wird der Himmel
bunter, wo wir gehn
du sollst mir nicht frieren
mußt nicht draußen stehn

Ich denk an den Winter
als wär er ein Nest
hier bei uns zuhause
freut man sich aufs Fest

In uns ist es bunter
als ein Herbst sein kann
dein Laub fällt herunter
wir blühn grade an

Sieh, wir beide kommen
warm aus unserm Haus
Schick uns deine Stürme
tob dich ruhig aus

Ich denk an den Winter
als wär er ein Nest
hier bei uns zuhause
freut man sich aufs Fest

Fröste sind Fröste
der Boden wird bis in die Tiefe hart
Fröste sind Fröste
und bist du da allein
schlägt das Herz, als wärs bejahrt

Kummer ist Kummer
Oblatenmond, was kannst du mir schon taun
Kummer ist Kummer
von soviel Reif bedeckt
scheint es finster auszuschaun

Wenns draußen nun kalt ist
sucht eins des andern Hand
da ist die eine Wärme
der andern anverwandt

Wenns draußen so kalt ist
betreib ich vieles schnell
der Frost macht schmale Wangen
doch alle Sträucher hell

Kummer ist Kummer
das Herz hat Angst und sucht das eine Wort
Kummer ist Kummer
o bleibe nicht allein
so taut Eis und Härte fort

Wenns draußen so kalt ist
betreib ich vieles schnell
der Frost macht schmale Wangen
doch alle Sträucher hell

Müßt eins von uns alleine sein
es müßte sterben
wir dringen ineinander ein
nach schönem Werben

du bist von uns der schönre Teil
das mache ich dir nicht streitig
die Liebe macht uns gleich und heil
das gegenseitig

Mein Ahne war dir ungerecht
wie ihm das Leben
ob Weib, ob Mann, so hart und schlecht
das darfs nicht geben

Wir müssen nah zusammenstehn
und lernen, uns gut zu wehren
sonst wird die Welt zugrundegehn
statt blühn in Ehren

Ich sehn mich Tag und Nacht nach dir
und hab erfahren
nur so stirbt ab das reißend Tier
mit Haut und Haaren

Ich will nie mehr alleine sein
und dich nicht kennen
es dringt wie Friede in mich ein
worin wir brennen

Wie viele Tode
bleiben nach den Kriegen
ungesühnt
Wie viele Wege
blieben seither
unbegrünt

So viel Erinnern
blieb von früher Liebe
ungelebt
Schätze versanken
die nun niemand
jemals hebt

So viele Bilder
blieben unsern Augen
eingebrannt
wie viele Namen
bleiben unsern
anverwandt

So viel Erwartung
hat der Krieg geweckt, daß
Friede kommt
heile, mein Land und
werde nie mehr ausgebombt

So viele Tode
so viel Erinnern
so viele Bilder
so viel Erwartung

Eine Strecke unsres Weges
ging der Freund da mit uns mit
hatte sicher um uns Sorgen
sprach sich aus, wenn er litt

Und in allen Jahreszeiten
stand ein Teller für ihn da
dieser Freund wird uns begleiten
dachten wir, er war uns nah

Und nun frage ich dich
was hat er wirklich gedacht
ich frage dich
was hat er sich aus uns jemals gemacht
seine Briefe sind ein Wisch
sein Teller steht leer auf dem Tisch

Eine Strecke unsres Weges
haben wir mit ihm geteilt
wenn er jetzt zur Tür hereinkommt
bleibt ein Riß, der nie heilt

In den langen Redenächten
fiel manch ungerechtes Wort
warum nicht, was auszufechten
sind wir gut, doch er ist fort.

Und nun frage ich dich
was hat er wirklich gedacht
ich frage dich
was hat er sich aus uns jemals gemacht
seine Briefe sind ein Wisch
sein Teller steht leer auf dem Tisch
und ich frage dich
und ich frage mich

Mein Glücklichsein
ein Augenblick
wenn du die Hand mir gibst
ein Fragen in die Dämmerung
ob du mich auch so liebst

Mein Glücklichsein
die Müdigkeit
ich laß die Arbeit falln
und find die Lösung, grade dann
und zeig sie dir, vor alln

Mein Glücklichsein
die Nachricht fehlt
die jedermann bedroht
es läßt sich also noch was tun
ich spür, wie Hoffnung loht

Mein Glücklichsein
die knappe Zeit
die Strecke Weg vor mir
ich müßte manchmal zweie sein
da gehts mir so wie dir

Du wirst nur alt sein wie ein Baum
wenn deine Wurzeln nicht verdorren
hältst du die Äste gut versorgt
und dein Geflecht nicht zu verworren

Du wirst nur alt sein wie ein Baum
wenn dich noch Blicke warm umfangen
daß du noch bist, muß jemand wolln
er muß nach dir aus sich verlangen

Du wirst nur alt sein wie ein Baum
lernst du, dich weise zu beschränken
und noch so bunter Blätter Fall
darf dich im Lebensnerv nicht kränken

Und wenn du dastehst, nackt und arm
so muß auch diese Zeit dir nützen
du tust, was dir nun möglich ist
die eigne Wiederkehr zu schützen

Du wirst nur alt sein wie ein Baum
wenn dich die andern nicht ersticken
und wenn in deine Wipfel hoch
bewundernd junge Augen blicken

Die meinen dich und meinen sich
spürn dich als Dach und warmes Leben
da wirst du alt und eignest dich
den anderen von dir zu geben

Fürchte nie die schöne Reife
die der Juli mit sich bringt
denke nicht, es sind Verluste
die der Vogel dir besingt

Ich spüre dein Bedauern
daß wir nicht mehr im Frühling sind
doch in mir ist kein Trauern
da ich andre Farben find

Ist das Jahr kaum halb vergangen
hat kein Unheil uns gebracht
war es Mühe, wars doch Frieden
ungestört war jede Nacht

Ich spüre dein Bedauern
daß wir nicht mehr im Frühling sind
doch in mir ist kein Trauern
da ich andre Farben find

Von der Wehmut nehm ich Abstand
da Erwartung mich beschwingt
und ich höre, was ich hoffe
in dem, was der Vogel singt

Und kann, kann nicht bedauern
daß wir nicht mehr im Frühling sind
um was denn wär zu trauern
was ich neu nicht wiederfind

Und morgen, noch vor der Frühe
fange ich wieder an zu singen
als wäre ein Lied etwas ohne Mühe
als reichte es anders nicht zum Leben
genau ist der Ton, oder mal daneben
aber es rührt sich in all meinen Dingen

Und sei es mit unheilem Herz
und verlegen erhobenem Blick
ich bring, sei es vorläufig oder bleibend
alles daher und zurück

Das ist so, noch vor der Frühe
eh in der Stadt die Vögel lärmen
da kommt meine Stunde der mühlosen Mühe
als reichte es anders nicht zum Leben
da krieg ich mich ein, könnte beinah schweben
und trotz aller Zweifel, da ist auch Schwärmen

Und sei es mit erschöpftem Sinn
und bösen Erfahrungen neu
sonst kann man nicht leben und niemand lieben
und wärs, daß nur ich mich dran freu

Und dann habe ich, ehe wir gingen
Leber mit Zwiebeln bezahlt
und auf den Untersatz von ihrer Tasse
hab ich ein paar Zeilen gemalt

Sie sah sich das an
nicht ohne Verständnis
es war der Augenblick
für ein Bekenntnis
doch ich sagte:

Ich bin komisch, du
vielleicht stößt auch du mir nur
als etwas Komisches zu
willst du nicht lachen, du
ich wäre nicht verletzt
aber wenn du lachen willst über uns
dann lach jetzt

Und dann wollte ich laut mit ihr singen
mitten im nächtlichen Park
aber es flüsterte von allen Bänken
das war so 'ne Nacht, wirklich stark

Wir gingen beschämt
ziemlich schnell weiter
mir war, ich hätt den Fuß
in einer Leiter
und ich sagte:

Ich bin komisch, du
und falls ich jetzt oder dann
irgend was Dämliches tu
dann mußt du lachen, du
auch wenn es mich verletzt
also, wenn du lachen willst über uns
dann lach jetzt

Und dann aßen wir Riesenstullen
in meinem Bett, nachts um vier

sie wollte wissen, was ich an ihr finde
konnt ich nicht sagen, ich zeigte es ihr

Dann schliefen wir ein
nahe, ganz nah
sie hat geflüstert:
Du bist komisch, du
ich hätt nicht gedacht
daß grade mir das passiert
ich liebe dich
und das ist komisch

Wozu denn dies
geboren sein und sterben
Bestürzend anfangs und am Ende ganz
die eine Jugend so im Schwange zu durchschweifen
wie langsam doch und widerwillig reifen
im Einsamsein sich klammern an die Tugend
wozu denn dies
wo will es hin
daß ich mich spüre
daß ich bin

Wozu denn dies
wo liegt der Sinn verborgen
aus welchem Teil wächst Kraft, zu widerstehn
wir sind gewappnet kaum für unsre Alltagssorgen
geschweig, daß wir dem Tod vom Leben borgen
für Glück und nicht fürs Gegenteil gewappnet
wozu denn dies
wo will es hin
daß ich mich spüre
daß ich bin

Wozu denn dies
daß abermals und wieder
die Leidenschaft unsre Muskeln rührn
es tät dem Herz genug, nur einfach still zu ruhen
statt stetig, schmerzhaft auch, voranzuführn
so mutig sein und immer wieder stürzen
wozu denn dies
wo will es hin
daß ich mich spüre
daß ich bin

Wozu denn dies
wär nichts als dies gegeben
da muß ein Mehr uns zur Verfügung sein
erwachsen werden und zur Leidenschaft ein Wille
ein Brauchen aller Sinne, aller Fülle
und nur als Rest vom fortgelebten Ich, so
zieh ich nur die Erde über mich

Da habe ich die ganze Nacht
kein Auge zugemacht
und war dann doch in aller Früh
so wach wie lange nie

Die Arbeit ging mir von der Hand
ich gab was überdrauf
war wie vom Karren ausgespannt
leicht wie nach langem Lauf

Es war nichts Besonderes passiert
kein Glück lief mir über den Weg
doch wenn man eine Angst verliert
scheint das Brett dicker über den Steg

Ich habe mir ein Bild gekauft
das Geld hat grad gelangt
das Wasser hat mich neu getauft
grün Hoffnung ist gerankt

Wie immer nun der Sommer wird
mir kommt er groß und recht
die böse Ahnung hat geirrt
ich kann noch, was ich möcht

Es war nichts Besonderes passiert
kein Glück lief mir über den Weg
doch wenn man eine Angst verliert
scheint das Brett dicker über den Steg

Straße meiner Stadt
Staub auf der geliebten Clownsvisage
zückt ihr erstes Blatt
schmückt mir lenzhaft die Etage

Draußen gibts Ginster
Bäume statt Wald
und doch macht das Blaue
vor Städten nicht halt
Nächte so finster
Wellengestalt
noch ists kalt, kalt, kalt

Früher war die Stadt
nur ein Wohnen, sich im Stein verstecken
wie ichs heute seh
läßt sie sich von mir entdecken

Früher war die Stadt mir
wie ein Tiegel
heut durchschau ich sie
seh mich deutlich wie im Spiegel

Straße meiner Stadt
Staub auf der geliebten Clownsvisage
zückt ihr erstes Blatt
schmückt mir lenzhaft die Etage

Einzige Rose
vom Blühn bis Vergehn
die hab ich
in diesem Jahr gesehn
Nachtfrost
und Regen
sie hat sich bewahrt
die eigne seltne Art
stand da
blühte
wie für sich
und blühte insgeheim für mich
die eine Rose
blühte, blühte
So lang
blühn wir oft nicht
nein, blühn wir oft nicht
Einzige Rose
von Mai bis September
ich hab dich gesehen
dein spätes Vergehen
und wünsch
ich wär wie du, dir ähnlich
in all meinem Leben wie du

In der Stadt
in der ich Kind war
gab es lauter neue Häuser
und die Bäume standen
kaum das zehnte Jahr

Und die Leute
die dort wohnten
waren jünger als woanders
kriegten ihre Kinder
schafften sich was an

Ich hab gedacht
ich muß raus da
jeden Frühling, Sommer, Herbst und Winter
ich wollte Felder sehn und Wälder
war vom Straßenlärm so satt
ich wollte immer raus ins Grüne
und gehör in eine Stadt

In der Stadt
in der ich Kind war
gabs die ersten jungen Sträucher
lustig neue Brunnen
Tulpen gabs sogar

Doch die Bagger
gruben weiter
und die Häuser sahn sich ähnlich
wurde immer lauter
in der großen Stadt

Ich hab gedacht
ich muß raus da
jeden Frühling, Sommer, Herbst und Winter
ich wollte Felder sehn und Wälder
war vom Straßenlärm so satt
ich wollte immer raus ins Grüne
und gehör in eine schöne
gutgebaute unverwechselbare Stadt

Jeden ganzen langen Tag
magst du munter sein
Aber wenn dein Mondfisch singt
schlaf ein

Lach uns an und lach uns aus
hör, da geht der Wind ums Haus
möcht am liebsten rein

Aber weil dein Mondfisch singt
schläfst du ein

Fühl dich niemals ganz allein
oder du mußt schreien
eins von uns wird bei dir sein
und wenn dann dein Mondfisch singt
schlaf ein

Wie schön
wenn alle Farben herbstlich sind
wie schön
und stark ist der Oktoberwind
wie schön ein Silhouettenbaum

Wie schön
im März da ist die Luft noch rauh
wie schön
ein Himmelstück von kühlem Blau
ein grünender Saum

Aber dann kommt der Sommer
da spring ich ins Wasser
und schwimme raus
da sind oben die Vögel, treibt drunter mein Segel
hinaus
Dann ist herrlicher Sommer
da möchte ich nackt sein und tob mich aus
ich geh erst im Dunkeln nach Haus

Wie schön
wenn eine Hand die andre wärmt
wenn jedermann vom Frühling schwärmt
wie schön ist die Dezembernacht

Wie schön
warm eingepackt durch Schnee zu gehn
wie schön, die ersten Stare wiedersehn
die Erde erwacht

Aber dann kommt der Sommer
da spring ich ins Wasser
und schwimme raus
da sind oben die Vögel, treibt drunter mein Segel
hinaus
Ich hab unter den Füßen
den Sand und im Rücken

den satten Wind
ich werd leicht wie die Wellen
die leichten und schnellen es sind
da tob ich mich aus

und geh erst im Dunkeln nach Haus

Es war nur eine Zärtlichkeit
ungesagt und ungetan
vergessen fast im Lauf der Zeit
wo wir uns selten sahn

Wäre es Liebe gewesen
ich wäre bei ihr geblieben
so gut kann ich in mir lesen
ich kann nur ganz
oder gar nicht lieben

Es war da eine Einsamkeit
die blieb auch noch Hand in Hand
es tat mir um die Worte leid
die keins von uns verstand

Woanders wirst du schöner sein
wird dich jemand mehr verstehn
es war nur fast ein Zärtlichsein
und ein ganz leichtes Gehn

Wäre es Liebe gewesen
ich wäre bei ihr geblieben
so gut kann ich in mir lesen
ich kann nur ganz oder gar nicht lieben

Als ich fortging, war die Straße steil
kehr wieder um
red ihr aus um jeden Preis
was sie weiß

Als ich fortging, war der Asphalt heiß
kehr wieder um
nimm an ihrem Kummer teil
mach sie heil

Als ich fortging, warn die Arme leer
kehr wieder um
machs ihr leichter, einmal mehr
nicht so schwer

Als ich fortging, kam ein Wind so wach
warf mich nicht um
unter ihrem Tränendach
war ich schwach

Nichts ist von Dauer
was keiner recht will
auch die Trauer wird dann sein
schwach und klein

Sie hatte empfindliche Wangen
und ein herrliches Gegenteil
sie hatte nach allem Verlangen
wollt von allem den zuckrigen Teil

> Aber die wenigen Stunden mit ihr
> mein Freund, was taten die gut
> sie war nicht zu ertragen für jeden Tag
> aber für einmal, was war sie da gut

Sie hat über alles gesprochen
vom Leben, da wußt sie Bescheid
hatte grade hineingerochen
und war vom Genialen nicht weit

> Aber die wenigen Stunden mit ihr
> mein Freund, was ging mit mir los
> ich wollt sie vielleicht nie mehr wiedersehn
> aber für einmal, was war sie da groß

Ich war viel zu alt
gemessen an ihr
und hab den Zauber durchschaut
aber für einmal, mein Freund
ging sie mir
tief unter die Haut

> Und diese wenigen Stunden mit ihr
> mein Freund, nur ich und nur sie
> wir spielten da beide das älteste Spiel
> und ganz vergessen, nee, hab ich das nie

Das alles nochmal spüren
aus Süße, Gift und Blei für die Beine
dies alles nochmal spüren
wie bei Shakespeare, Labé, bei Dante und Heine
nochmal fühlen ohne Floskeln, Zynismus und Flachs
ein Mairegen, unter dem ich über mich wachs

Dies alles nochmal spüren
was auslöscht, aufhebt, alles zurechtrückt
alles nochmal spüren
wo ich Teil von wem bin und der macht, daß meins glückt

Und wo du kämpfst, da will auch ich mich streiten
zu bestehn sind auch bittere Zeiten
und wo du hingehst, dahin mach auch ich mich auf den Weg
wo das Wasser reißt, da schlagen wir uns eben einen Steg

Dies alles nochmal spüren
aus Staunen, Wunsch und was sich gewöhnt
alles nochmal spüren
das Vergangne und wenns geht, dann alles versöhnt
und treibts dich um, lüg ich dir keine Ruhe
du und ich, braucht nicht immer großes Getue
und wo du hingehst, da geh ich durch Fremdes hinterher
reichst du mir die Fingerspitze, weiß ich weiter und mehr

Ein bißchen Dunkel war
als sie sanft nach mir suchte
ich war für ihre Hand zu weit
sie lag ganz still
und eh ich fluchte
tat sie mir unerwartet leid

Sie hatte jetzt auf einmal kleine blasse Füße
und rauchte nicht und war mit'mal nicht laut
die Linien ihres Leibes ohne Süße
und doch, als wär sie nichts
als verletzbare Haut

und erste Zeichen
daß sie so jung nicht war, wie sie sich gab
und ohne Lügen doch
daß sie wohl weine
und immer noch ein fremdes Wesen war

Ich weiß nicht, Narben
sie hatte keine, glaub ich, weiß es auch nicht mehr
weiß nur, es waren zarter
alle ihre Farben
und wie ein Himmel drüber
ihr ungläubiges Gesicht

Ein bißchen Dunkel war
als ich sie an mich drückte
als wär darin auch Seligkeit
ich wollte, daß es sie entzückte
und wollte weg die ganze Zeit

Sie hatte jetzt auf einmal statt der dummen Phrasen
nur Wörter und die klangen wahr und rauh
sie sog die Luft tief wie von grünem Rasen
und sah, sah mich und sich
eine fremdnahe Frau

Es war nicht Liebe
war nicht mal Sehnsucht, ja, was war es dann

sie war allein, ich auch
schwer zu ertragen
das trieb uns in die neuere Gefahr

Ich weiß nicht, was dann
sie hat da wenig über sich, glaub ich, erzählt
sie hat da nichts erfunden
irgendeinen Traummann
und doch verschwanden Fältchen
im schlaftrunkenen Gesicht

Ein bißchen Dunkel war
als wir die Augen schlossen
nun doch ganz nah und Hand in Hand
fern Meer und Gossen
ist eine kleine Fackel da entbrannt

Von all dem Glück so trunken
ich hab mich leicht gemacht
das Schiff ist nicht gesunken
und sprühten doch die Funken
wir kamen über die Nacht

Da gab es kein Versprechen
für irgend ferne Zeit
nicht unbezahlte Zechen
gab Biegen nicht und Brechen
nur allzu rasche Zeit

Wir hatten keine Rosen
ein Wasserglas voll Wein
von allen Erdenlosen
lag meins auf wärmsten Moosen
und du und ich warn mein

Und dröhnen mir die Ohren
vom Alltag wieder satt
vor manch verschloßnen Toren
ging etwas nicht verloren
das hier begonnen hat

Von all dem Glück so trunken
ich hab mich leicht gemacht
das Schiff ist nicht gesunken
und sprühten doch die Funken
wir kamen über die Nacht

Soviel lange Nächte
wo alle Zeit vergeht
wo die andre hier sein möchte
und die hier ist, nichts versteht

All die kleinen Hebel
um der Seele Teil
alle die Laternennebel
mein Gedankenpfeil

Warum denn schlag ich nicht zu
mit einem klaren Wort
ich sag dir warum, warum ichs nicht tu
wenn ich red, dann muß ich fort

So viel Augenblicke
wo was nicht gelang
ich zerreiß mein Bild in Stücke
eh ich alle Fetzen fang

Du hast dein Versehen
ich tat meins dazu
in was Neues gehen
braucht es festre Schuh

Warum denn gehts mir nicht gut
wenn ich dies alles weiß
da lebt mir etwas im Blut
das dreht sich im Kreis

Soviel lange Nächte
wo alle Zeit vergeht
wo ich hier und dort sein möchte
wenn mich die und die versteht

Du hast mich geweckt aus
dem Traum, daß alles zu Ende ist
in solchen Träumen geschieht es
daß man niemanden mehr vermißt

Du hast mich berührt in
dem Traum, wo fast nichts mehr lebt
es ist schon nicht mehr ein Träumen
wenn die Sehnsucht sich kaum noch hebt

Du hast mich geweckt aus
dem Tod, der langsam die Weise tanzt
nun bin ich wieder am Anfang
wilde Blumen hast du gepflanzt

Was du da gemacht hast
vielleicht, weil es dir grad so erging
es hat mir herausgeholfen
daß ich nun wieder anders kling

Du hast mich geweckt aus
dem Tod, der langsam die Weise tanzt
nun bin ich wieder am Anfang
wilde Blumen hast du gepflanzt

Das erste Mal verliern
das fällt jedem schwer
das erste Mal verliern
wer weiß, vielleicht gewinnt man niemals mehr

Nach vielen Jahren allein
steht das Haus so stumm
das erste Mal verliern
genau weiß man ja nicht einmal, warum

Da bist du zurückgekommen
als ich ziemlich unten war
da warst du wie damals
du warst wie am Anfang
wie im ersten Jahr

Das erste Mal verliern
das fällt keinem leicht
das erste Mal verliern
wie sehr sich jeder große Kummer gleicht

Nach all den Jahren allein
und der Garten blüht
das erste Mal verliern
da hilft kein Übermut, wenn das geschieht

Da bist du zurückgekommen
als ich ziemlich unten war
da warst du wie damals
du warst wie am Anfang
wie im ersten Jahr

In jedem Juni
geh ich jenen Wegen nach
auf denen ich dir, als wir jünger warn
die Welt und mich versprach
auf denen ich geglaubt hab
daß die erste Liebe ewig währt
und daß mein Schiff mit deinen Segeln
durch das Meer des Lebens fährt

In jedem Juni
ist das so, wie's damals war
in jedem Juni
hoch der Himmel, grün und klar

In jedem Juni
weht der Wind verheißungsvoll
wir warn so jung, wir zwei
und Trauer drum, ich weiß nicht, was die soll

In jedem Juni
denk ich, dich zu sehn wär schön
mit dir zu reden, dir die Wahrheit sagen
das letzte zu gestehn
ich war so eifersüchtig
wollte, daß du mir die Treue schwörst
dann bin ich fort und hoffte dennoch
daß du irgend mir gehörst

In jedem Juni
ist das so, wie's damals war
in jedem Juni
hoch der Himmel, grün und klar
In jedem Juni
holt mich jene Sehnsucht ein
Wir warn so jung, wir zwei
und schön war es, man darf nicht traurig sein

In unsere Worte
kehrt Zärtlichkeit ein
noch läßt sie sich allzu leicht bannen
und doch, in der Traube
schon schmecke ich Wein
das Jahr zieht anders von dannen
wem schlägts zu Buche
dir oder mir
was immer ich suche
ich find es bei dir

Ich lasse die Worte
verheißungsvoll sein
du kannst, wenn du willst, drüber lachen
und doch, in der Traube
schon schmecke ich Wein
da kann man gar nichts mehr machen
wem wird es nützen
dir oder mir
ich seh es schon blitzen
es will durch die Tür

In unsere Blicke
kommt wärmerer Schein
der läßt sich vom Eishauch verschrecken
und doch, in der Traube
schon schmecke ich Wein
was läßt sich da nicht entdecken
wem könnt das schaden
dir oder mir
du bist eingeladen
der Tisch steht bei mir

Gib mir einen Namen
für die Dunkelheit
Gib mir einen Namen
aus dieser ersten Zeit

Einen dunklen Namen
mit einem weichen Laut
leg mir diesen Namen
nachts auf meine Haut

Gib mir einen Namen
daß ich ihn mir sag
wenn ich alle Zweifel
auf einmal in mir trag

Einen fremden Namen
aus unbekanntem Grund
leg mir diesen Namen
nachts auf meinen Mund

Gib mir einen Namen
dem wär ich nie taub
gib mir einen Namen
den ich mir selber glaub

Einen dunklen Namen
mit einem weichen Laut
leg mir diesen Namen
nachts auf meinen Haut

So rot flammt das Laub
so lebendig
als hätten die Blätter
noch wer weiß was vor
ahnungsvoll lausch ich dem Sommer nach
krieg ein feineres Ohr

schade um alles
was ich mir je verhieß
schade um alles
was ich zu spät verließ
aber der Oktober in diesem Jahr
war so, daß ich mir selber
noch einmal widerfahr

So rot flammt das Herz
so lebendig
als stellte es morgen
noch wer weiß was an
Mai ist vorbei, ich wein ihm nicht nach
seh mir Schneeflocken an
schade um alles
was mir im Herzen saß
schade um alles
was ich zu früh vergaß
aber der Oktober in diesem Jahr
war so, daß ich mir selber
noch einmal widerfahr

So rot flammten wir
so lebendig
wir wollten gewinnen
was gemacht sein muß
wer hat Geduld, wenn da Zeit vergeht
vor dem wichtigsten Kuß
schade um alles

was ich nicht schaffen kann
schade um alles
ich fang es dennoch an
sieh doch, der Oktober in diesem Jahr
war so, daß ich mir selber noch einmal widerfahr

Ich spiele nicht mit meinem Leben
drohe dir nie, ich mache Schluß
solche Sätze darfs nicht geben
auch wenn man auf etwas verzichten muß

Ich spiele nicht mit dir
auch wenn ich
dir nicht gleich am Anfang
viel versprach
ich spiele nicht mit dir
das ist ein Schwur, gibt kein Danach

Ich spiele nicht mit meinem Leben
ein solches Spiel fängt man nicht an
wer könnt sich aus der Angst erheben
der nicht mal mit sich umgehn kann

Ich spiele nicht mit deinem Leben
zeig du mir nicht, wie schwach du bist
es soll dich immer immer geben
erfahre, wie das Leben ist

Ich spiele nicht mit dir
auch wenn ich nicht
für immer bei dir bleiben kann
ich spiele nicht mit dir
das ist mein Schwur, das ist mein Bann

Ich spiele nicht mit dem Gedanken
wird es mal schwer, dann hau ich ab
werd wütend sein und werde schwanken
hoff, daß ich dann Halt an dir hab

Als der Tag kühl verging
irgend eine Dämmerung erschien
hab ich mich gewundert
als ein Zweifel sich verfing
ich wollt doch nur ihn

Weil sein Teller da stand
und die Schüsseln standen schon parat
lag ein weißes Laken
hab ich mich gewundert
ging mir wenig von der Hand
als ob Unheil naht

Aber das bildest du dir ein
er wird so wie immer sein
er muß ja auch pünktlich wieder los
er wird dir alles versprechen
und nur durch höhere Mächte
alle Versprechen brechen
er kommt ganz bestimmt
und du wirst die Dinge nehmen
wie eine in deiner Lage
die Dinge halt nimmt

Als die Uhr sieben schlug
und die alte Angst war wieder da
hab ich mich gewundert
daß er mich bisher ertrug
wie schön er mich sah
Fast zwei Jahre nun schon
die Familie, Kinder und dann ich
hab ich mich gewundert
wo ihm soviel Ärger drohn
was liebt er da mich

Oder das bildest du dir ein . . .

Wißt ihr, was ich bin
wollt ihrs hörn
reißt euch nicht drum
Parlemadum
ich sag euch, daß ich ein Narr bin
ich bin ein Narr, seht nur hin

Wenn ich verliebt bin
kanns passiern
ich bin zu dumm
Parlemadum
ich sag euch, das ist sehr traurig
traurig der Blick, lang das Kinn

Über diesen Narren hier
dürft ihr von Herzen lachen
haltet euch bloß nicht zurück
mir passieren solche Sachen
ein ums andre Stück

Närrisch oft vor Lust
schlug ich zu
wohl nicht sehr fein
Parlemadein
daß ich im Regen allein stand
liegt bei Narren auf der Hand

Ich war so wie jedermann
und bin es morgen wieder
heut spür ich jeden Verlust
nur ein Narr singt alte Lieder
aus der eigenen Brust

Was würdest du sagen
wenn ich mich umdreh
zu dir zurückgeh
dasteh
dich anseh
was dann

Du Schöner, du Kluger, du Feiner
du auf dieser Welt nie ganz meiner
ich wäre so gerne die deine
warum macht dein Herz dir nicht Beine
warum läßt du nie alles liegen
warum, Schöner, kannst du nicht fliegen

Was würdest du sagen
wenn ich nichts frage
dich so ertrage
einfach
dich auslach
was dann

Du Schöner, du Kluger, du Feiner
du auf dieser Welt nie ganz meiner
du weckst allzu gerne Verlangen
und läßt dich am Ende nicht fangen
warum läßt du mich einsam liegen
warum, Schöner, kannst du nicht fliegen

Was würdest du sagen
wenn ich dich vergesse
deine Adresse
nie mehr
statt zu sehr
was dann

Du Schöner, du Kluger, du Feiner
du auf dieser Welt nie ganz meiner
ich konnt das zuerst nicht mal denken
nun kann ich mir dich beinah schenken
so bleibt denn am End alles liegen
wir konnten zusammen nicht fliegen

Ein Spiel von Liebe und Tod
ist es nie gewesen
wir beide blieben in einem Boot
und konnten den Kompaß nicht lesen

Wir gingen auseinander
und sagten leichthin, machs gut
ein andermal mit Tränen
beim dritten Mal mit Wut

Wir trafen uns auch wieder
und warn einander neu
du trugst an böser Liebe
ich Dummkopf war dir treu

Ein Spiel von Liebe und Tod
ist es nie gewesen
wir beide blieben in einem Boot
und konnten den Kompaß nicht lesen

Und suchten andren Anfang
den zweiten, da warn wir klug
nur hatten wir nach drei Wochen
neu voneinand genug

Du gabst in allen Dingen
an mich den schwächern Part
ich suchte mich zu zwingen
hätt ich uns das erspart

Ein Spiel von Liebe und Tod
ist es nie gewesen
wir beide blieben in einem Boot
und konnten den Kompaß nicht lesen

Wenn ich nun an einem Abend
fortgewesen bin
habe, was ich weiß, gegeben
will ich zu dir hin

Manchmal bin ich dann so müde
schlafe beinah ein
und dann steig ich doch ins Auto
um bei dir zu sein

Wenn in ferner andrer Gegend
nachts der Himmel loht
wenn im Park die Paare tuscheln
und ich sitz im selben Boot
Dann bin ich gewiß nicht müde
und schlaf doch allein
froh, wenn ich ein Telefon hab
um dir nah zu sein

Wenn die Freunde mit mir reden
manchmal brauch ich das
kreist zum Cheerio die Flasche
doch ich trink kein Glas
Auf einmal wird mein Herz ganz groß
und ich fahre los

Der Tag gibt mich erst frei
bring ich ihn mit dir zu Ende
ich brauche, eh ich schlafe
deine warmen Hände

Ich hab mein Leben so gewollt
seitdem ich auf der Erde bin
ich wollts am eignen Leibe spürn
zu dem, was ich kann, wollt ich hin
bei andern Leuten wollt ich sein
ich dacht, ich paß schon rein
ich war nie gern allein

Ich hab mein Leben so gewollt
vielleicht als kleiner Junge schon
wollt mein Zuhause nicht verliern
und war dann doch der ferne Sohn
ich wollt die große Liebe sein
zu oft war sie bloß klein
ich war nie gern allein

Ich hab mein Leben so gewollt
hats gut mit mir gemeint
ich wollte gern hier oben stehn
in eure Augen wollt ich sehn
euch jeden Abend nahe sein
ich war nie gern allein

Hab keine Angst
daß wir älter werden
wie alles, was lebt
auf Erden

Gewiß ist eines Tages
dein so weicher sanfter Mund
nicht mehr so zart
deine Brust nicht mehr so rund

aber die Liebe
bleibt heil
dein Mund und deine Brust
sind davon nur ein Teil

Hab keine Angst
daß wir anders aussehn
die Sehnsucht könnt uns
einmal ausgehn

Gewiß ist eines Tages
deine Haut nicht mehr so glatt
und deine Hand
liegt in meiner manchmal matt

aber die Liebe
bleibt heil
die Samthaut und die Hand
sind davon nur ein Teil

Hab keine Angst
wenn ich mal nicht rede
von den Ängsten doch
erfährst du jede

Gewiß ist eines Tages
deine Sinnlichkeit nur schwach

das kann doch sein
mach sie dann nicht eifrig wach

denn unsre Liebe
bleibt heil
was guttut, sogar
ist davon nur ein Teil

Der Frieden wird kein Wunder sein
das eines Tags geschieht
zieht nicht so wie der Frühling ein
den man auf einmal sieht

Der Frieden wird kein Wunder sein
das wundersam entflammt
der Frieden wird die Arbeit sein
die aus uns selber stammt

Der Frieden wird kein Wunder sein
das irgend kommen muß
wie jeden Sommers Tandradein
der erste schöne Kuß

Der Frieden wird kein Wunder sein
wie jede Sommernacht
der Frieden wird die Arbeit sein
die jeder von uns macht

Der Frieden wird kein Wunder sein
wie's reich der Herbst beschert
die bunten Farben obendrein
dem Aug die Träne wert

Der Frieden wird kein Wunder sein
wie ein Oktoberwald
der Frieden wird die Mühe sein
in jeglicher Gestalt

Der Frieden wird kein Wunder sein
das alles warm bedeckt
kein sorgsam zu uns niederschnein
das alles weich versteckt

Der Frieden wird kein Wunder sein
das man zur Nacht besingt
wird Lied und Laut und Stille sein
wenn alls ihn dazu zwingt

Und hätt ich die Lust übertrieben
ich nahm auch den bitteren Lohn
und habe mein Lied vom Lieben
eins vom Sterben kenn ich schon

Und habe gehabt
wonach jeder sich sehnt
das Herz aus dem Leib
und geliebt sein als Weib
es war herrlich und hart
ich hab nicht damit gespart

Ich habe auf Bäume geachtet
bevor es als tugendhaft galt
und ob ihr mich drum verlachtet
ich war so, so war ich halt

Ich habe gehabt
wonach jeder sich sehnt
das Herz aus dem Leib
und geliebt sein als Weib
es war herrlich und hart
ich hab nicht damit gespart

Und könnt ich, so würd ich noch bleiben
und sei es im ärmlichen Hemd
solang wirs mit Lust noch treiben
macht altern uns nicht gehemmt

Ich habe gehabt
wonach jeder sich sehnt
das Herz aus dem Leib
und geliebt sein als Weib
es war herrlich und hart
ich hab nicht damit gespart

Das Ende
darf nicht das Ende sein
denn wenn es aus sein wird mit unserm Leben
fliegen von Süden her die Vögel ein
und werden zwei sich ihre ersten Küsse geben

die Freunde kehren dann
ich hoffe sehr, woanders ein
das Ende darf nicht das Ende sein

Die Trauer
soll nicht zu lange sein
sicher, man kann mit uns dann nicht mehr reden
denkt, wie wir warn und fühlt euch nicht allein
und seid umarmt und lebt von euern Tagen jeden

die Kinder werden dann
ich hoffe sehr, erwachsen sein
und tragen uns in ihr Erinnern ein

Das Ende darf nicht das Ende sein
wenn wir mal alt sind und wir müssen gehen
da kommt der Wind und läßt es Blüten schnein
dann solln die Kindeskinder Äpfel wachsen sehen

die Kinder schließen uns
ich hoffe sehr, noch lange ein
das Ende darf nicht das Ende sein

Das Ende darf nicht das Ende sein
denn wenn es aus sein wird mit unserm Leben
fliegen vom Süden her die Vögel ein
und werden zwei sich ihre ersten Küsse geben

Das Ende darf nicht das Ende sein

Hat ein Mensch gelebt
bleibt noch seine Spur
allen die ihn liebten
und nicht denen nur

Hat ein Mensch gelebt
hat er seins getan
sehen ihn noch lange
die ihn ehrlich sahn

Hat ein Mensch gelebt
was aus sich gemacht
fließen um ihn Tränen
in der Trauernacht

Diese eine Wärme kühlt
unaufhaltsam fort
hast du ihn nie ganz erfühlt
such das eine
such für ihn das Wort

Denn er hat gelebt
und du weißt die Spur
dort wo er geliebt war
wo man ihn erfuhr

Winterlich, winterlich
immer zu bald
winterlich, winterlich
der Bäume Gestalt

trieb von den Bänken
die Liebenden fort
winterlich, winterlich
am Abend ein Wort

Winterlich, winterlich
Regen und Reif
winterlich, winterlich
eh ichs begreif

wieder ein Frühling
ein Sommer dahin
spür, daß ich selber
ein Jahr älter bin

Winterlich, winterlich
Blättergezaus
winterlich, winterlich
ausgekühlt das Haus

Winterlich, winterlich
schwarzes Geäst
winterlich, winterlich
bald kommt das FEST

Komm
tritt herein
mein neues Lebensjahr
schnei uns ein
lieber Januar

mags eisig sein
draußen im Frein
um so geborgner
suchend und sehnlich
anderm Lebendigen ähnlich
wird mir beim Heimkommen sein

Komm, tritt herein
ganz winterlich und klar
Januar
mein neues Lebensjahr

da klirrt der See
Schulkinder schrein
um so geborgner
hungrig und sehnlich
Schneemännern ähnlich
werden sie heimkommend sein

Komm, tritt herein
ich werd gewappnet sein
seit Neujahr
mach ich Schwüre wahr
lauf, statt zu fahrn
such, wo wir warn
und will geborgen
suchend und sehnlich
anderm Lebendigen ähnlich
und mit ihm heimkehrend sein

Wie immer ihr beschaffen seid
für eure leichten Stunden
als Nachgeborne einer Zeit
mit zuviel Blut aus Wunden

Was immer euch im Herzen zieht
zum anderen Geschlechte
und ob ihr träumend manchmal flieht
in nichts als Lust und Rechte

Wofür ihr immer euch auch schämt
als Mann, als Menschenwesen
und wenn ihr zuviel Zeit euch nähmt
aus Fehlern zu genesen

Wenn ihr euch allzu sehr umhängt
mit äußerem Gepränge
nach kleinen Zielen großhals drängt
wählt lauteste Gesänge

ihr braucht ja euer Übermaß
holts tief euch aus dem Vollen
liegt atmend da im Junigras
mit heißem Alleswollen

doch lebt, daß eins euch nie und nie
zu äußerm Tun erkaltet
lebt so, daß ihr den Frieden nun
für alle Zeit erhaltet

Inhalt